黒鉄の魔法使い
7
KUROGANE NO MAHOUTSUKAI
黒紅の宴
迷井豆腐
Illustration
にゅむ
JN103131

テレーゼ・バッテン
鹿砦千奈津
ろくさい ちなつ
内心、結構な盛り上がりを
見せる中で、
デリスはネルにキスをした。
誰が最初に鳴らしたのか、
その瞬間に教会中に
拍手の嵐が巻き起こる。
祝福に次ぐ祝福、
表向きだけの笑顔を
携えてたヨーゼフも、
仕方ないかといった様子で
その中へと加わり出した。
ネル・レミュール

マリア・イリーガル
「「――ぶっ殺す！」」

デリス・ファーレンハイト
「師匠ー！
おめでとう
ございまーす！」
桂城悠那
かつらぎ　はるな

黒鉄の魔法使い 7

黒紅の宴

迷井豆腐

CONTENTS

KUROGANE NO MAHOUTSUKAI

イラスト／にゅむ

第一章　婚礼の儀

千奈津(ちなつ)が想像していたよりも、式は普通に、そして順調に進行していた。客人達(たち)の層の厚さを警戒するものの、最初に悠那(はるな)がアレゼルに誘拐されて以降、これといったトラブルは起こっていない。

（悠那は悠那で普通に調理場にいたし、流石(さすが)に心配し過ぎかな？）

この結婚式、アレゼルが取締役を務めるクワイテット商会が、全面的なバックアップをしている。これは師匠のネルからの言伝(ことづて)なのだが、当日にはそれ専門のプロが何人か派遣され、結婚式のサポートをしてくれるという事だった。それが彼らなのか、待合室から教会へと案内してくれたのは、城内を含んでアーデルハイトでは見た覚えのないイケメン達だった。

「こちらでございます」

「ええ、ありがとう……」

一度会った人の名前と顔は忘れないように心掛けている千奈津がそう思うのも、ある種当然の事。彼らは大八魔第三席、マリア・イリーガルが貸し出した上位吸血鬼の護衛隊で、そもそも人間ではなかったのだ。

（やっぱり不安だ）

その事実を知らない千奈津であるが、直感的に彼らから違和感を嗅ぎ取ってしまう。普通に順調に進んでいるように見える裏で、何かとんでもない事が起きる予感がしていた。

「チナツさん、こちらですわ！」

「こっちです……」

教会にはテレーゼとウィーレルが先に到着していたようだ。千奈津も手を振りながら彼女らの声に応じ、隣の席に座る。

「あら、ハルナさんは一緒ではありませんの？」

「ギリギリまで調理の監督をしているみたいでして。時間には間に合わせると言っていたので、そろそろ来る頃だとは思うのですが――」

「ま、間に合ったぁー！」

「――来たみたいですね」

焦り気味の悠那が教会に到着する。その割にはアレゼルに乱された髪は直っていたし、ドレスもちゃんと着られているようだった。千奈津、ちょっと感心。

「悠那、こっちよ」

「ふあぁ、何とか間に合ったよ～。料理ぃ～」

「そっち？」

　あの人数を動員して、ここまで悠那を消耗させる調理工程とは一体どんなものなのか。舞台裏の疑問は尽きない。

「調理服になったりドレスに着替えたり、悠那も大忙しね」

「えへへ～、でも着替えはそんなに苦じゃないんだ。リリィ先輩がシュバッと着替えさせてくれたから」

「さ、流石大八魔モードのリリィさんね。姿が見えないと思ってたら、裏方でそんな事やってたんだ……」

　今日は超一流の着付け師を演技っているのだろう。思う存分惰眠を貪っていただけあって、充電は十分なようである。

　それから少しして、いよいよ新郎新婦が入場する時間となった。アーデルハイト式の結婚では、デリスとネルが同時に教会へ入って来る事になっている。しかし、神父役がヨーゼフなのは、一体何の皮肉なのだろうか？　尤も、本人はウィーレルに良いところを見せようと躍起になっているのだが。

「お静かにお願い致します。これより、新郎デリスと新婦ネルが入場致します」

　騎士のダガノフが教会後方の扉よりそう声を上げると、シンと皆が静かになった。その様子を見回して確認すると、ダガノフは扉に手をかけ、ゆっくりと開き始める。同時に、いつの間にか教会のパイプオルガン前に座っていたリリィヴィアが鍵盤を押した。悠那や千奈津らは知らないが、この世界では結婚式の定番とされる曲が奏でられる。

「わぁ……！」

「綺麗(きれい)……」

思わず溜息(ためいき)と共に感動の言葉が漏れてしまった。それは何も2人だけの話ではなく、会場にいる誰もが同じ気持ちだ。視線を一身に集めるのは、もちろんウェディングドレス姿のネル。純白のドレスを纏(まと)うネルは、普段の軽鎧(けいがい)姿から一転して花嫁としての女性らしさを強調。豊かな胸元には鮮やかなコサージュが添えられ、ブロンドの髪にも同様に飾られている。ネルをよく知る者ほどまず目にしないであろう、その穏やかな表情も相まって、同性異性の枠を超えて見惚(みと)れてしまう美しさを放っていたのだ。

一方、そんなネルと腕を組み、横に並んで入場するデリスには全く視線が向けられない。デリスもデリスで新郎然とした高級感溢(あふ)れるタキシードを着用しているのだが、やはり今回ばかりは比較対象が悪過ぎた。デリスをよく知る者であれば、白い服装をしているだけでネタにされるレベルで珍しい光景も、ネタにする側がネルに見惚れていては話にならない。ある意味で助かり、ある意味で敗北する複雑な心境である。

デリスとネルは、主にネル側に皆の視線を浴びながら、ゆっくりとバージンロードを歩んでいく。どこかに座っているであろう大八魔の、そして悠那達の横を通り過ぎ、やがてヨーゼフの待つ教会の奥にまで辿り着いた2人は、そこで立ち止まる。

（……まさか、この私を神父役に据えるとは思ってもみなかったぞ。どんな気の回しようなんだ？）

（経費削減だ）

（は？）

（だから経費削減だって。新婚旅行や式の費用で金使い過ぎちゃったんだよ。ネルにばかり頼るのもアレだったから、カットできるところはカットしようと思ってな。ハル経由でウィーレルに頼んで、無償で受けてくれたのは驚きだったけどさ。つうか、魔法で念話飛ばしてくんな。お互い笑顔のまま会話すると鳥肌が立つだろ！）

（ふん、言っていろ。どうせお前はネルの尻に敷かれる運命だ。ようこそ人生の墓場へ。私自ら引導を渡してやろう！　フハハハ、これから大変になるぞ！）

笑顔のまま静止する2人。一見表情は穏やかなまま変わりないが、その仮面の裏では般若とサタンのような精神面が形成されていた。

「「……ああん？」」

「ちょっと、声が漏れてるわよ？（にこっ）」

組んだデリスの腕の骨を軋ませ、前にいるヨーゼフにしか感じられない局地的かつ激烈なプレッシャーを放ち始めるネル。皆がネルに見惚れる中、デリスとヨーゼフだけは明確な恐怖を覚えてしまう。特に合図を出し合った訳でもないのだが、デリスとヨーゼフは示し合わせたかのように喧嘩を中断。その後、何事もなかったように式は執り行われ、遂に誓いのキスをする瞬間が近付いてきた。

「そ、それでは、2人をこの世の最も新しき夫婦として、神の加護を授けるものとする。この素晴らしき門出に異議のある者は、今ここで申し出るように。……いませんな？　皆様方、どうか2人を――」

「――その結婚、異議ありぃ――――！」

バタンと、教会の入り口の扉が開かれた。まさかの異議申し立てに客人達の殆どは酷く驚き、ごく一部の支配者達はマジかよと胸を高鳴らせ、とてもワクワクしていた。ドラマや映画のようなこの展開に、不謹慎ながら千奈津までもが「おおっ！」と思ってしまう。

「えっ、ム、ムーノさん……!?」

悠那の目に飛び込んだその人物は、ムーノ・スルメーニ。騎士であり、カノンの同期であり、ネルの部下であり、誰よりもネルを慕っていた若人だ。ムーノの手には白い手袋が握られており、それが意味するところが自ずと理解できてしまう。

「悩みに悩んで、何とか折り合いを付けたつもりでした……ですが、自分の気持ちに嘘をつきたくないいっ！　デリス殿、どうか自分と決闘をしてネル団長に、いえ、ネルに相応しい男を決め――」

凜々しく、真っ直ぐな言葉の投げ掛け。ムーノは決心を固めてこの場に馳せ参じたんだろう。ただ、彼の頭上にはちょうどいい感じの壺がなぜか浮かんでいて、ムーノが話している最中にストンと真下に落ちていった。

結果、壺はムーノの頭に見事ヒットし、そのまま気絶。倒れかかるムーノの体、そして砕けた壺の破片は控えていた上位吸血鬼の従業員が空中でキャッチ。掃除完了とばかりに、ムーノはそのまま教会の外へと運ばれて行ってしまった。バージンロードにゴミ一つ落ちる事なく、清潔なまま教会は元の静けさを取り戻す。

「神父さん、早く進めてくれ。さっきの異議は取り下げられたぞ？」

「……コホン、他に異議のある者は？」

「「「「……」」」」

いる筈がなかった。

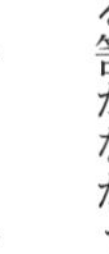

デリスがネルの左薬指に、ネルがデリスの左薬指に結婚指輪をはめる。さっきの騒動を完全になかった事にして再開された儀式は、実に神聖なものだった。連れ去られたムーノがどこに行ったのかは定かではないが、今ばかりは忘れておこう。それが幸せな時間を皆

で享受する唯一の方法だ。

「よろしい。無事、2人の指輪が交換された事を認める。それではこれより、最後の儀式に移るとしよう。デリスはネルに未来永劫愛する事を誓い、ネルはデリスを永久に支える事を誓え。その証として、皆の前で誓いの口付けを交わしなさい」

デリスとネルは改めて向かい合う。片手を握り、腕に軽く手を添えて。

「コソコソ（千奈津ちゃん、千奈津ちゃん！　うわー、うわー……！）」

「コソコソ（こ、こら悠那、静かに……！）」

「コソコソ（そういうチナツさんも凝視していますわね！）」

「コソコソ（後学の為、これは後学の為です……）」

弟子とその友人一同の熱い視線が師へと注がれる。しかし、当のデリスとネルもそれどころではなかった。

「コソコソ（良いか？　これが終わったら、ちょっと気恥ずかしくなっていたのだ。ここにきて、もう引き返せないからな？　貰っちゃうからな？）」

「コソコソ（良いからもう貰っちゃいなさいよ。絶対に大事にしなさい。いい、絶対よ？）」

「コソコソ（……その顔は卑怯だなぁ）」

「コソコソ（し、知らないわよ……）」

内心、結構な盛り上がりを見せる中で、デリスはネルにキスをした。誰が最初に鳴らしたのか、その瞬間に教会中に拍手の嵐が巻き起こる。祝福に次ぐ祝福、表向きだけの笑顔を携えてたヨーゼフも、仕方ないかといった様子でその中へと加わり出した。

「よろしい、2人は夫婦として神に承認された。皆様方、今一度大きな拍手を！」

「師匠ー！　おめでとうございまーす！」

「綺麗ですよー！」

「うっ、うう……！　涙が止まりませんわっ！」

「テレーゼさん、ハンカチをどうぞ……」

「ありがどうごじゃいまず、でずのぉ……！」

デリスとネルは皆の祝福の中で結ばれ、笑顔のまま抱き締め合った。感動のあまり力加減がちょっといけない感じになりはしたが、それは些細な事に違いない。

――が、この後に待つは魔の披露宴。大八魔達の意見を大いに取り入れた正体不明のこのイベント、式のように平和的に終わるかどうかは、まだ誰にも分からない。

教会での式が終わり、小休憩を挟んで野外での披露宴が行われる。騎士団本部の敷地内

に沢山のテーブルが置かれ、そこには悠那が統括した鉄人らによる豪華な料理が並べられていた。今は小休憩中で、デリスとネルは再び控室へ。招待された客人達は野外会場へと向かい、立食形式で歓談を楽しんでいるところだ。

悠那ら勇者パーティ4人組も、教会での出来事から未だ興奮冷め止まらぬ様子で会話を続け、ネルが綺麗だった、ムーノはある意味男らしかった、でもその後どこに行った？などと盛り上がっている。

「ネル団長、とても幸せそうでしたわね！」

「基本的にネル師匠、いっつもぷりぷりしてるからね。普段からあんな感じなら、デリスさんも接しやすいと思うんだけれど」

「逆に……それが良いとか……？」

「えっ、師匠ってそっちの気がっ!?」

場合によってはあらぬ方向へと話が迷子になりもしたが、大体は2人の結婚を祝う言葉である。

「ねえねえ、お姉さん達～」

そんな時、彼女らに舌足らずな口調で話し掛ける声がした。それは可愛らしい少女のものので、何だろうと4人はそちらへと振り返る。

「貴女達が噂のデリスとネルの弟子？」

「「――っ!?」」

　そこにいたのは可憐なドレスで着飾った小さな小さな銀髪の少女、クロッカスでのフンドとの戦いの終わりに突如として現れた大八魔第三席『吸血姫』マリア・イリーガルだった。彼女を知る悠那と千奈津は驚きながら臨戦態勢へと移行、ウィーレルもその場にいた筈なのだが、黒（デリス）ばかり見ていたせいか首を傾げている。テレーゼに至っては爆睡していた為、全く面識がない。

（さっきまで同じ教会の中にいた筈なのに、今の今まで気が付かなかった……!?）

（大八魔！）

　同じ臨戦態勢でも2人の表情は別物で、深く深く深読みする苦悶の顔、そして嬉々として見るような顔になっていた。悠那が誘拐されたばかりの千奈津にとっては、最高に気が気でない相手である一方で、悠那にとっては最高の相手となっているのが皮肉である。

「あらあら、可愛らしい子ですわねっ！　気品を感じますわ！……ハルナさん、チナツさん？　唐突に構え出して、如何しましたの？」

「えっと、ですね……」

「うふふ、ごめんなさ～い。急に話し掛けられたら、誰だって驚くもんね」

　悪戯を成功させた子供のように、クスクスと笑うマリア。そして彼女はスカートの裾をつまみ、優雅に挨拶をかますのである。

「はじめまして、妾の名前はマリー。良い？　間違えないで、マリーよ。ここからはちょっと遠い国に住んでいるの。仲良くしてくれると嬉しいな♪」

　絶対に間違えるなよと念を押す、とても親切な挨拶だった。

「妾、デリスとネルとは昔からの付き合いでさぁ。今日はそんな2人の弟子と会えるって、結構楽しみにしてたんだぁ～」

「うふふ、そんな昔らからのお付き合いですの？　マリーさんはおませさんなのですね」

「それほどでも……あるかな！」

　マリアとテレーゼは気が合ったのか、クスクスオーホッホッホと嫣然と笑う。その光景が心臓に悪過ぎて、千奈津は既にギブアップ寸前だ。

「ですが、お2人の弟子はそちらのハルナさんとチナツさんだけですわ」

「うん……ハルナさんがデリスさんの……チナツさんがネル団長の弟子……」

「へぇ～、ふ～ん？　なかなか良い顔をしているわね、貴女達。これからの成長が楽しみだわ」

「そ、それはどうも。マリ……マリーちゃん」

「はいはいっ、私も楽しみにしてますっ！」

　悠那と千奈津の顔を覗いた瞬間、マリアの瞳が少し鋭くなった。値踏みされてるぅ！と、千奈津は瞬時に感じ取り、最早生きている心地を失っている有り様である。千奈津を

普段護っていた加護の力も、こう周りが化け物だらけでは、どこから危機が迫って来るのか予測がつかない。

「マリーさんは誰と一緒に来たのですか？　お父様とお母様でしょうか？」

「ううん、リリィお姉ちゃん！」

千奈津、吹き出しそうになるも何とか堪える。

「リリィさんの……？　あ、ああ～！　言われてみれば、どことなく似ていらっしゃいますわね！　至極納得ですわ！」

「えへへ、そうでしょ。ああ、そうそう。ハルナお姉ちゃん、アレゼルお姉ちゃんが呼んでたよ？　そろそろ準備の時間なんだってさ。一体何をするんだろうね？」

「えっ、もう？　うん、了解したよ！　早速行ってくるね！」

「あ、悠那――ああ、もう！　またいなくなっちゃった……」

「いってらっしゃーい」

疾風迅雷。アレゼルに何を吹き込まれたのかは不明だが、悠那はまたも裏方へと駆けて行った。

「……悠那、これから何をするんですか？」

「妾は何も知らないよ？　ただ、これから最高に面白い催しが開かれるかもなぁって。これは見逃せないねっ♪」

「絶対知ってますよね？」

「さて、どうだろね～」

「……？　何の話ですか……？」

「ううん、こっちの話。それじゃ、妾も色々と準備があるから、この辺で失礼するね。リリィお姉ちゃんをこれからもよっろしく～！」

　タタタッと歳相応の小走りで、マリアは悠那の後を追うように去って行く。無邪気を意図せず振舞う天使のように、彼女は周囲の大人達に生温かい目で見守られていた。

「お姉様想いの良い子でしたわね～」

「そ、そうですね……そう願いたいです」

「チナツさん……？　さっきから挙動不審ですが、大丈夫ですか……？」

　何かが起こってからでは遅い。ただ、今回何かが起こったとしても、それは自分が止められる範疇を超えているのでは？　千奈津の憶測は深く潜行し、眉間のしわもより深くなっていた。

◇　◇　◇

　悠那とマリアが準備とやらに向かってから数分後、会場に動きがあった。カノンやダガノフを中心に、騎士団の者達が懸命にズズズ、ズズズと何かを動かしているのだ。会場に騒めきが起こり出すと、千奈津達もそちらへと目を向けるようになる。皆が歓談する中央に、どこかで見た覚えのある舞台が運び込まれてきていた。それは千奈津だけではなく、テレーゼも、ウィーレルも、それどころかヨーゼフでさえ見覚えがあったものだ。

「ね、ねえ、あれって卒業祭の試合で使った試合舞台と同じものじゃ？」

「テレーゼさん……心当たりは……？」

「ないですわ！　卒業祭で使用した舞台は見事に破壊されてしまいましたし、あれ以降運営チームから作らせる指示は出していない筈です。それに、あの舞台は卒業祭で使用したものよりも、かなり頑丈な出来ですわ！　土魔法を愛する私には分かりますのっ！」

「な、なるほど？」

テレーゼの説得力ある言葉により、あの舞台がとても頑丈である事が分かった。が、なぜあれが披露宴の会場であるここに運ばれているのかは、未だ不明だ。

「ハァ、ハァ……！　ダ、ダガノフ隊長、なぜに我々はこんなものを運んでいるんですか……!?」

「知らん！　知らんが、ネル団長からの命令だ！」

「こ、これって、学院の卒業祭で使う舞台そのままですよっ……！　披露宴に使うものじゃないですって……！」

「カノン、口より体を動かせ！　いくら文句を垂れようが、団長の命令に変更はないっ！」

「くぅ～～～！　ムーノの奴、こんな時はいないとかぁ――――！」

どうも運搬している騎士の皆々も、その舞台を何に使用するのか知らされていないらしい。しかしネルの命令とあれば、まず逆らえないのが彼らの悲しい性、今は淡々と運ぶしかないのだ。

（……何となく予想はついてしまったけれでも、流石に師匠でもそれはないわよね、うん！）

千奈津の方も着々とフラグを立てていた。普段の疲労がたたってなのか、それとも意図して現実から目を逸らしたいのか。まあ、どちらにしても結果は同じだ。

――ズゥン。

重量感のある音を立てながら、傷一つない新品同様の舞台が会場の中央に置かれた。更に式で様々なアシストをしていたハンサム達が、その四方に細長い四角錐の形をした塔のようなミニチュアを設置し始める。ミニチュアといっても、それらは千奈津の身長以上はありそれなりの高さだ。

塔の用途が分からず千奈津が首を傾げていると、徐に長身の老紳士が舞台へと上がり出した。白髪のオールバックでこれまた煌びやかな黒と金の衣装を身に付けた、見るからに威厳の塊といった印象を受ける男だ。

（……？）

千奈津はこの老紳士を目にした時、ちょっとした違和感を覚えた。かなりの歳を召しているように見えるが、足腰はしっかりしているし、表情も元気溌剌（はつらつ）といった様子で生き生きとしている。なのに、白いというか、最早青ざめているレベルで顔色が悪い。体調が良いのか悪いのかどっちつかずで、かなり矛盾しているように見えたのだ。

そんな千奈津の疑問を余所（よそ）に、舞台という名の壇上に上がった老紳士は両手を広げ、会場の皆に聞こえるよう声を張り上げた。

「さあさあ皆の者、ご注目！　ワシはデリスとネルの古い友人で、名をジガという。何、ワシの事などこの場においてはどうでもいい。重要なのは、花嫁であるネルがお色直しをしている間、この場を大いに盛り上げる大役を担ったという事じゃ！」

「盛り上げ役……何かのイベントでしょうか……？」

「あら、楽し気な雰囲気ですわね！　これは期待も高まるというものですわ！」

「嫌な予感しかしない……」

先ほどは少しばかり現実逃避してしまったが、もう千奈津の中では答えが出ていた。準備の為（ため）にと舞台裏に消えた悠那、卒業祭で使用した強化試合舞台、只（ただ）ならぬオーラを発する謎の司会者――

「気の知れた知人と話すのも一興じゃが、ワシにはそれ以上に皆が楽しめる余興を提供する義務がある！　この催しの司会進行として、皆にサプライズバトルをプレゼント！　思う存分観戦して頂こう、最高峰の闘争というものを！」

――ドォン！　ドォーン！

どこからか、炎魔法の一種と思われる花火が打ち上げられた。こちらは魔法騎士団の面々による仕込みらしい。

「まあ！　なぜに舞台なのかと疑問に思っていましたが、その答えがサプライズバトル、ネル団長の結婚を祝う試合なのですね！　なるほど、これが騎士流という事ですか……！」

「ネル団長を祝うほどともなれば……生半可な実力者ではない筈……一体、どんな猛者が……」

「2人とも、たぶん騎士云々は関係ないです。諸事情でそうなっちゃっただけだと思いますから」

疑念は確信へと変わり、千奈津は片手で頭を押さえながら首を振った。趣向は理解できた。これからあの舞台上で、悠那がサプライズバトルに参加するんだろう。しかし、その相手は？　一瞬、もしや自分が？　などとも千奈津は考えはした。形式的には、花嫁と花婿の弟子同士での戦いになる。確かにうってつけではあるのだが、それであれば悠那にだけ連絡がいって、千奈津に何の連絡もないのはおかしい。

「じゃあ、その相手は……？」

「悩んでいるようね、チナツ」

「わあっ!?」

千奈津の隣には、いつの間にかリリィヴィアの姿があった。テレーゼ達も今初めて気が付いたといった様子で驚いている。

「リ、リリィさん、唐突に現れないでくださいよ。心臓に悪いですから……！」

「あら、ごめんなさいね。胃だけじゃなくて心臓にまで負担を掛けては、流石の私も申し訳が立たないわ。これからは足音を立てて登場するから」

「あ、ありがとうございます」

先の教会での演奏時と同様に、今も演技の真っ最中らしい。式中は大八魔モードになっていると宣言していたので、当然ではあるのだが。

「それはさて置き、この戦いの対戦相手について考えていたんじゃなくて？　ハルナが出るところまでは、何となく予想しているんでしょ？」

「やっぱりそうなんですね……悠那、段々と試合前の雰囲気になっていましたから」

「そうでしたの!?　皆目見当もつきませんでしたわっ！」

「チナツさん……もしや、探偵の才能があるのでは……？」

「……」

テレーゼとウィーレルは、今日はボケ役に回っているらしい。

「で、そのハルナの相手だけれど、チナツもよく知る人物よ。ちょっとだけ雰囲気は変わったけどね」

「私もよく知る人物……？」

「さあさあ、それではバトルの参加者に入場して頂こう！　まずは新郎の弟子にして、本日の豪華絢爛たる料理を調理した立役者！　ハルナ・カツラギ！」

「美味しく食べてくれると嬉しいですっ！」

千奈津とリリィが話をしている間に、舞台では悠那が登場していた。この為の動きやすいドレスだったのか、そのままの服装にドッガン杖を持ってくるという思い切った格好だ。会場の熱気は既に披露宴らしからぬ様相を呈してきているが、盛り上がっているかといえば大いに盛り上がっていた。

「続いて登場するは、うら若き乙女とは思えぬ色気を感じさせる謎の少女！　トウコ・ミズホリ！」

「「「おおー！」」」

丈の短いスカートに、際どい胸のライン。そんな色気に満ちたドレスを身に纏って登場したのは、何とリリィに誘拐された刀子だった。男衆が賑わう一方で、千奈津は開いた口が塞がらない。

「そう、ハルナの対戦相手は私の弟子よ」

「え、ええっ!?」

「と、刀子ちゃん!?」

刀子の登場に驚いたのは、試合の主役の1人である悠那も同じだった。アレゼルからは催しとして試合が行われると聞いていただけで、その対戦相手が誰なのかまでは聞かされていなかったのだ。刀子の登場は客にとっても、千奈津や悠那にとってもサプライズな出来事だった。

「久し振りだな、悠那。俺と最後に会ってから暫く経つが、また強くなったみたいじゃねぇか。それでこそ俺のライバル、それでこそ旦那の弟子だ」

「あ、えっと、ありがとう！　でも、どうして刀子ちゃんがここにいるの？」

「旦那が結婚するってリリィ師匠から聞いてな。まあ複雑な心境なんだけど、祝い事は祝ってこそだろ？　俺なりにできる事はないかって、師匠に嘆願したんだよ。それで回ってきた仕事ってのが、これって訳」

本能のままに生きていた今までとは違い、刀子はどこか穏やかな様子だった。言葉遣いこそ男勝りで粗暴な印象を受けるが、ただそこに立つだけでも細かい仕草に女らしさが感じられる。直感の鋭い悠那も、その変化にはもちろん気付いていた。

「刀子ちゃん、ちょっとスカート短すぎない？　その、見えちゃうよ……？」

――ほんの少しだけ、方向性は違っていたが。

「ははっ、そんなもんお前が心配する必要はねぇよ。見たい奴は勝手に見ればいい。それが敵なら万々歳、アホ面ぶら下げているところに、俺の鉄拳を叩き込めるってもんだろ？これも立派な戦法――そうだな、女の武器って奴だ。悠那には少し早いかもしれねぇけどさ」

「でも、今回の相手は私だよ？　男の人じゃないよ？」

「……し、師匠の命令で着せられてんだよ。察しろよ」

色々と理由を付けたものの、結局その服装は完全にリリィヴィアの趣味だった。

「リリィさん、結婚式に露出の高い服装は駄目なのでは……？」

「良いじゃない。花嫁がいない間だけだし、減るもんじゃあるまいし」

そして反省の色もない。

「おい、お主ら。司会のワシを差し置いて話を進めるでないぞ。後で飴ちゃんをやるから、今は静かにしていなさい」

「飴ちゃんって……」

「はーい！」

「うむ、良い返事じゃ。さあ、このサプライズバトルの趣向を説明していこう！　この戦いに出場する2名は素晴らしき戦士であるが故、この舞台上のみを戦いのフィールドとする。しかし、勢い余って場外に出てしまう事もあるじゃろう。そうなれば観戦する皆に危険が及ぶ。そこで、今回は舞台の周囲に設置した障壁発生装置を使わせてもらう。この装置はその名の通り、強力な障壁を張り巡らせる事ができる機材なのじゃ。その効力はレベル7程度の攻撃までを、完全に無効化する事ができる！」

老紳士の説明に会場がどよめく。主に驚きを隠せないでいたのが、モンスター討伐や国の守護を生業とする騎士団の面々、そして腕に覚えのあるバッテン家などだ。レベル7とは如何なるものか？　まずはそこからだった。

「レベル7の攻撃を、完全に、だとっ!?」

「そんな事が可能なのか？　というか、レベル7ってどれくらいなんだ？　レベル3の俺に分かるように教えてくれ」

「あー、冒険者ギルド公認のモンスター判断基準表によればだな――あ、駄目だ。どんくらい強いのか、曖昧にしか書いてない。国が滅びるって誇張し過ぎだろ……」

次元が異なり過ぎれば、普通の物差しで実力を測る事は適わない。この場合も同様であり、結局凄さがよく分からなかった。

「ふっ、驚いてる驚いてる。何せ、あれはゼクスはんとあたしらクワイテット社が共同開発した代物や。そんじょそこらのマジックアイテムとは訳が違うんやで」

「フゥーハハハハハ！　然り然り！　時代は科学、魔法もちょっぴり使ってはおりますが、過半数を占めればそれ即ち大体科学！　あれは某の本体にも搭載している最新作ですからな！　思う存分暴れてくれて大いに結構！　フハハハハ、フハ、フッハハハッハー！」

　高笑いをかましながら悦に入るゼクス。そんな彼を遠巻きで見守る警備の騎士達は、ヒソヒソと囁き合う。

「お、おい、あそこの騎士さん大丈夫か？　酒に酔ってるにしても、あれは笑い過ぎだろ。三段笑いしてるぞ……」

「しっ、目を合わせるなって！　結婚式に全身鎧で来るような奴だぞ？　きっとデリスさんの知り合いだよ。絶対そうだ」

「ああ、なるほど」

　デリス、流れ弾で外聞に被弾。但し、いつもの事なので想像以上に傷は浅かった。

「大層な結界って事は分かった。で、決着の方法は？」

「うむ。お色直しといっても、そこまで時間が掛かるものでもないからのう。あまり長引き過ぎるのも好ましくない。めでたい席での生死云々もご法度じゃ。相手を死に至らしめるような危険行為はもちろん禁止、裁量はワシ個人の独断と偏見！」

老紳士が大袈裟に両腕で×の字を作る。

「禁止事項が偉く曖昧じゃねぇか？」

「まあまあ、所詮は催しの一つじゃて。あまり深く考えるでない。楽しむ事が第一じゃ！」

「あの、何か具体的なルールはありますか？　私、ノリでドッガン杖持ってきちゃいましたけど」

「得物は自由に使っていいぞい。ルールについてじゃが、あー、何じゃったかな？」

台詞をド忘れした老紳士は、どこからともなく台本を取り出し、ああ、そうそうと頷きながらそれを読んだ。

「敗北の条件はこのようにする。気絶などのノックアウト、足裏以外の部分が三度舞台に接触、結界への肉体的接触は即負け。魔法などは問題ないが、体の一部が少しでも結界に接触すれば合図が鳴る。まあ、簡易的な場外みたいなものかの。投げられたり突貫し過ぎたり、その辺りは注意するんじゃな」

「あの、舞台にも触っちゃ駄目なんですか？」

「その通り。これも試合を円滑に進める為のルールでな。あの舞台にも結界同様、こちらに接触を知らせる機能が備わっておる。接触した時点で1カウント、次に立ち上がるまではカウントされん。計3回で敗北確定じゃ。間違って転ばぬよう、十分に気を付けい」

「はい！」

「ああ、分かった」

　以降、使用武器のチェックを終わらせ、両者は舞台へと上がる。今回悠那の腰にポーチはないが、その手にはドッガン杖が携えられていた。対する刀子は全くの素手で、武器は使用しないとの事。

「……悠那にとって妙に有利なルールですね。リリィさん、そんなに自信があるんですか？　あのルール、リリィさんも一枚噛んでいるんですよね？」

「何の事かしら？　とっても真っ当なルールだと思うけれど？」

「確かに刀子の『ベルセルク』は脅威です。ですが、悠那には合気があります。舞台と結界への接触を敗北の条件にするなんて、自ら利を捨てて負けにいくようなものじゃないですか。ドッガン杖のリーチ差だってあるんですよ」

「ま、確かにトーコにとっては不利なルールかもしれないわね」

「なら、どうして？」

「早とちりしないで。あくまで、昔のトーコだったならの話よ。この状態の私が仕込んであげたんだもの。変わってもらわないと困るわ」

「……？　それって――」

　千奈津が再度質問しようとするも、周囲の声援で掻き消されてしまった。試合開始の時刻となったのだ。舞台を見れば、その両端にて悠那と刀子が構え始めている。

「それでは開始の宣言をさせてもらおう。試合――」
「――開始ぃ――――！」
「あ、ちょ、（アガ）リア!? それワシの台詞っ！」

◇　◇　◇

――ドォン、ドォーン！

試合開始を知らせる花火が華々しく空へと上がる。赤や青、黄、緑と色とりどりに空が染められ、街の人々は祭りでもあったのかと胸を高鳴らせながら、城から上げられる花火を眺めていた。しかし、式の会場にいた者達は違った。花火には全く目がいかず、ただ前を注視していた。

皆が見守る先は舞台一択。催しとはいえ、この試合でぶつかるのは有象無象の魔王と一線を画す者達。早期決着を主旨としたこの舞台から発せられる2人の圧に、強き者は興味津々な様子で、それ以外の者はゴクリと喉を鳴らしながら視線を向けていた。

「悠那、今までの俺と一緒にされちゃ困るぜ？　というか、主にお前が困る事になる」
「そんな事は思ってないよ。刀子ちゃんの努力の軌跡、見れば何となく分かるもん。それに、前にも増して優しくなった気がする。試合が終わる前に、わざわざ忠告してくれるなんてさ」

「……ったく、お前は相変わらずみたいだな。良いぜ、あの目になれよ。今日こそは、俺がお前を超える！」

刀子の叫びと共に、彼女の両手に目に見えぬプレッシャーが集まり出す。それと同時に悠那もモードを切り替えて、刀子のみを見据え集中した。

「リリィさん、あれは何ですか？　視認はできませんけど、危険な何かだって事は感じられます」

「ここでネタ晴らしするのは詰まらないでしょうが。チナツ、貴女にとっても実戦だと思って、トーコの力を予想してみなさい」

「な、なるほど……」

「でも、ヒントくらいはあげようかしら？」

千奈津は思った。わあ、何だか師匠よりも師匠っぽい。と。

「トーコはね、私が支配する色街で接客という名の鍛錬をし続けた。本能のままに生きてきたのは何も悪い事ではないけれど、自在に操ってこその力だからね。獣の如く本能のまま生きているからこそリミッターを外せる。理性を残すからこそ生存率を高め、より高次元の戦略を取る事ができる。今のトーコはね、そのどちらも可能なの。気をつかう事を覚えたからね！」

「気を……？　あの、それよりも色街って――」

「――さ、２人が動くみたいよ！　よく見ていなさい！」

「はいっ、ですわっ！」

「はい……」

いつの間にかテレーゼとウィーレルまでもが会話に入り込んで、千奈津の横で観戦していた。学級委員長である千奈津的には、色街という単語は許容できないもの。後で絶対に問い質そうと心に決める。

「いくよ、刀子ちゃん！」

「おう！」

舞台をズゥンと強烈に踏み込み、距離を一気に詰める悠那。刀子の力は未だ不明だが、そんな事に恐れを抱く彼女ではない。分からなければ手を突っ込む、危険が及ぶ前に躱す、無理そうでも諦めないを信条として、刀子に向かってドッガン杖を振り上げた。

「まあ！　ハルナさんが本気で踏み込んでも壊れませんわ、あの舞台！　全くの無傷、素晴らしいですわ！」

「職人の技……！　これは特許を申請すべき……！」

「え、そこっ？」

同時に、一部の外野も沸いていていた。その反応を狙ったかのように、他の場所ではゼクスの高笑いとアレゼルの商品解説が行われ、別の形で観客達の注目を浴びる。

「ふっ！」

　まずは真っ正面、上段から振り下ろしたドッガン杖が刀子の頭上に襲い掛かる。如何に試合といえども、飾り刃を馬鹿正直に素手で受けては断ち切られるのは必然。たとえベルセルクを伴った状態でドッガン杖を攻撃しようとも、刀子へのダメージは避けられない。

「――っ!?」

「へへっ、ずっと見たかったぜ。その驚く表情がよっ！」

　だが、あろう事か刀子は悠那のドッガン杖を音もなく弾いてみせた。もちろん、彼女の腕には装備らしきものも、隠し武器もない。正真正銘、素手で防いだのだ。悠那は即座に脳を酷使し、高速で思考する。

（叩いた感触がグミみたいだった。見えないけど、何かが腕の周りに纏わりついてる？　さっき刀子ちゃんの両手から感じたあの変な圧の正体？　武器兼防具と思うべきかな。防御されれば、ドッガン杖も受け止められる。やるなら、かなり腰を据えて攻撃しないと）

　この間、ドッガン杖が弾かれて刀子が話し出すまでの一瞬である。戦闘時に限っては、悠那も千奈津と同様に『演算』系のスキルを使いこなせるようになってきたようだ。が、今隙が生まれたのは悠那側だ。刀子は逸早く防御を解き、拳を突き出した。防御された時とはまた違うと捉えた悠那は、体勢を崩した状態から空を蹴って紙一重で拳を躱す。

「ッチ、お前も『空蹴』を覚えてんのかよ。当たれば技ありだったのによ」

空中で一回転した後に距離を取った悠那に対して、刀子はどちらかといえば嬉しそうな口調で語り掛ける。残念に思っているというよりも、そうこなくてはと喜んでいるようだ。

「刀子ちゃんのその技も、なかなかに得体が知れないね。それを破るにはもう一工夫いりそうだよ」

「だろ？　だけど、あれが全てだと思ってもらっちゃ困るぜ。こんな距離、今の俺にとっちゃ――」

「……」

再び悠那は嫌な予感を覚えた。刀子の腕に、またあの圧が集まっている。

「――あってないようなもんだからよ！」

グゥオンと風を切る音を鳴らしながら、刀子が豪快に腕を突き出す。正拳突きの要領で放たれたそれは、空手家の模範ともなるべき完璧な動作であった。しかし、悠那と刀子の間にはまだまだ間合いがあり、とてもではないがその拳が届く距離ではない。

（それでも、届く！）

己の直感が、あの攻撃は届くと告げている。悠那はそう警告する直感を信じた上で、その攻撃を躱さずに受ける事にした。ドッガン杖を前に出して防御を固め、直にその技の正体を確かめる為に。

「ぐっ……！」

衝撃。気を抜けば一瞬で吹き飛ばされてしまいそうになる、強烈な衝撃だった。舞台にドッガン杖を突き立て、ガリガリと少しずつ後退しながらも悠那は耐える。時間にすれば数秒もない瞬間的なもの。それでも、悠那にとっては凄まじく濃い時間だ。

「ハァー。正面からそれ受けて、数メートル後退するだけか……その杖の耐久性もおかしいが、やっぱ化けもんだな、悠那」

悠那は背後の障壁に接触する事なく、間際で刀子の謎の攻撃を耐え切った。

「ううん、かなり効いたよ。拳をそのまま飛ばして、更にベルセルクの効果を乗せられる感じなのかな？　ドッガン杖越しに受けてなきゃ、一発でノックアウトされちゃうところだった」

「あの一発でそこまで分析されちまうのも癪だが、それ以上に抜け目ないのな、お前。死角からこんな黒槍を飛ばしてきやがって。危うく横っ腹にぶっ刺さるところだったわ」

刀子は左手に握った黒槍を舞台に放り投げる。悠那がどさくさに紛れて生成して、刀子の死角から襲い掛かるよう指示したクライムランスだ。刀子の腹部は僅かに血が滲んでおり、ギリギリのところで槍を掴み取った事が窺えた。

「ちょっと焦ってるところを見るに、刀子ちゃんのその技は攻撃と防御の両立はできないのかな？　もしくは全身じゃなくて、拳とかの一部分にしか適用できないとか？」

「おいおい、こんな大勢の面前で弱点を探るような事をしないでくれよ。つか、もう何となく当たりはつけてんじゃねぇのか？」

「……『気功術』、だったっけ？　前にやった女子会で、刀子ちゃんがチラッとそんな話をしてたの、今思い出したよ」

「え、マジで？　俺、そんな事言ってたっけ？　いや、まあ正解なんだけどな！」

まだ卒業祭が始まる前の頃、バッテン邸で行った女子会。そこで悠那達はスキルについて話題に挙げ、将来何を会得するか話し合っていた。ちょうどその時に刀子が口にしていたスキルが、悠那の言う気功術だったのだ。

「あ、あの、リリィさん？」

「言ったじゃない。気を使う事を覚えたって」

「気を遣うじゃなくて、そっちの意味ですか!?」

刀子の持つスキルの名は『気功術』。人体が持つ目に見えない力、オーラやチャクラ、気の力などと呼ばれるものを扱う能力だ。現代では魔法的な意味合いではなく、関節の駆動や呼吸法の駆使、といった技術の集大成を示すものである。しかし、この世界において

の気功術は肉体に宿る精神的な力が本当に具現化する。それは刀子が悠那の攻撃を防御する際の盾となったり、気を飛ばして遠距離からの攻撃を可能にしたりと、使い方は様々だ。

　使用者の練度に応じて気は柔らかくもなり、また硬くもなる。気を全身に展開したり、体の一部に集中させたりする事もできる。刀子はドッガン杖の一撃を防御する際、鉄壁の防御では反動で腕にダメージを受けてしまうと判断して、ゴムまりの如く衝撃を吸収する性質の気を両腕に集中させた。攻撃を飛ばす時はそれとは逆に、極限まで気を押し固め正拳突きをそのまま放つ事をイメージした。それら力の運用の仕方は、悠那をもってしても脅威となるものへと昇華。刀子にとって満足のいく結果へと繋がったのだ。

「想像通りにできるようになると、頭を使うのも悪くねぇって思えるようになるよな。ま、勉強は相変わらず嫌いだけどよ」

「う、うん、そうだね……」

「……ああ、お前はお前だったな」

　この世界の人間にとってはなかなかイメージし辛いものではあるが、格闘をモチーフにした格ゲーやバトル漫画の王道を好んでいた刀子にとって、この力の応用法は直ぐに理解できるものだった。何せ日本の娯楽にはそういった類の力がごまんと表現されており、参考にすべきものが選び切れぬほどに潤沢。刀子はそれらの知識を総動員して、やれそうな事を兎に角試し、試行錯誤を繰り返した。

それに加えて刀子の気功術のレベルアップを底上げしたのが、リリィヴィアの下で学んだ接待だった。自分の好き勝手に振舞うのではなく、相手が求めるものを察し自らその期待に応える。対象のちょっとした変化に気付き、場の空気を読む。気を遣う、気を使う――

リリィヴィアは最初からこれを狙っていたのだろうか。一見気功術とは関係のないこの行為も、立派に刀子の鍛錬となっていたのだ。彼女のスキルは今や気功術には留まらず、その上の気功王、更には気功神の高みへと刀子を押しやり、その力をより確かなものとした。

「な、何という言葉遊び……」

「あながちそうとは言い切れないわよ。空気を読めるのは何事にも敏感だって事だし、相手が何を考えているのか察する事に長ければ、極端な話、読心術みたいにもなる。スキルの成長と関係なくたって、どれも昔の刀子には足りてなかった要素ばかりじゃない。刀子は精神的に成長したし、得意とする格闘術を主とした戦術の幅も広まった。ふふっ、結果としてなかなか手強くなったわね」

刀子の出来によほど自信があるのか、リリィは少し誇らし気だ。

（やっぱり、リリィさんは師としての才能があるんじゃ……？）

千奈津は心の底からそう思った。

「お互い、様子見はこのくらいで良いよね？　勝負しよっか」

「ははっ、そんな目で見られるのはいつ振りだろうな。旦那以外にときめいちまったぜ」

悠那が舞台を蹴る。まだ体験した事もない刀子の力を、今確かめずにいつ確かめるのか。そう心を躍らせながら、刀子を注視する。

「おっらぁ――――！」

対する刀子は先の遠距離攻撃を連続で放ち始める。1発で仕留められないのなら、2発、3発と弾数を増やせば良い。単純だが至極真っ当な解決策だ。

だが、それでも悠那は正面から攻めて行った。短期決戦。老紳士がそう宣言したからだろうか。無駄を省き、手間をなくし、悠那は刀子の攻撃の中へと突き進む。

「ふっ！」

「なぁっ!?」

あろう事か、悠那はドッガン杖越しに刀子の攻撃を弾いた。否、正確には流したというべきか。

フンドとの戦いにて、悠那がドッガン杖経由でも合気が使えるようになっていたのは承知の事実。そして、このドッガン杖はベルセルクを付与した刀子の攻撃が直撃しても耐える事が可能。視認できない攻撃だろうと、前にディーゼの魔法で薄く黒煙を散布すれば、どこに攻撃が飛んでくるのか、どんな規模なのかを把握する事ができる。

それら全てを利用して、悠那は刀子の攻撃を尽く合気で受けながした。気功に対するは合氣。なるほど、至極真っ当だ。受け流された刀子の弾丸はそのまま結界に衝突、悠那はほぼ無傷のまま、刀子の眼前にまで辿り着く。

「ははっ！　そんなんありかよっ！」

「飛ぶのが拳だと分かれば、距離なんて関係ないっ！」

ドッガン杖による一撃。巨大な凶器も悠那にかかれば、ジャブの如き素早いスピードで振り回せる。しかも、今回は叩き付ける打撃の攻撃ではなく、飾り刃で斬る事を主眼に置いた性質の異なる攻撃だ。前と同じ防御法では、盾となるオーラごと刀子も斬り裂かれてしまう。今度は攻撃の時のような、超硬度のオーラで受け止める。

「っちぃ！」

かと思えば、今度は杖の底側を使っての打撃が返す刃で迫る。まるで打撃と斬撃の嵐。刀子が鍛錬を積んできたように、悠那とて昔のままではなかったのだ。必然的に刀子はその両方に対応せざるを得なくなり、右腕と左腕で別々の気を練って、その都度防御を選択する。

――ガン！　ザン！　ダァン！

悠那のドッガン杖の攻撃を無傷で受け切るには、両腕に全ての気を集中させる必要が生じる。よって、間違っても他の場所で受けてはならない。ミスは即、致命傷へと繋がる。

しかしそれは悠那も同様で、ドッガン杖以外の生身では刀子のベルセルクに触れられない。生身では合気で流すにしても、触れた際にどうしてもダメージを食らってしまう。悠那が押しているように見える激しい打ち合いは、その実かなりギリギリのところで攻防が成り立っていた。

「っ！」

猛襲の一つに、合気による弾き(はじ)が交じっていた。叩(たた)くでも斬るでもないその悠那の攻撃は、刀子の右腕を猛烈な勢いのまま舞台の床面へと向かわせる。が、刀子は右腕が舞台に接触するとは考えていない。彼女の腕は気で包まれている為(ため)、そもそもこれを解かない限りは接触の心配がないからだ。

「効かねっ――！」

ガクリと、唐突に刀子のバランスが崩れた。状況把握。足元の舞台が泥沼に変化している。ミリ秒でその事に気付いた刀子は、これが悠那の魔法である事に思考を繋げる。焦らない、冷静に。それでも、本能の長所は活(い)かして対応する。

(眼前からドス黒い水の塊、遅ぇ！　死角気味にまた黒槍、これも素手で取れる！)

超人的な洞察力と柔軟な対応力で、悠那が仕込んだ周囲の状況を見切る刀子。足場が崩れ、右腕が弾かれようとも彼女であれば十分に反撃にまで手が出せる形勢だ。まずは槍をキャッチして、それから――

——ブンッ！

「おうっ!?」

目の前から迫る毒水の塊を突き破るようにして、その中から何かが飛び出した。バランスを崩しながらも、刀子は上半身を大きく反らす事でこれを回避。その最中に、眼前を通り抜けるその正体を確認する。

（これは、悠那の杖……!?）

そう、悠那はドッガン杖を投擲の弾として使用し、魔法で生成した毒水のど真ん中に向かってぶん投げていたのだ。……いつもの、である。

「魔法は投げるものだよ、刀子ちゃん！」

「ぐっ……こんのぉ——！」

次いで迫るは悠那自身の弾丸タックル。不意打ちに不意打ちを重ねられた刀子の胴体は、ガッチリと悠那にホールドされてしまった。両足の気を強化するも刀子の足場は泥で踏ん張りが利かず、代わりに悠那の進む足場からは泥が消えて舞台が顔を出す。押されに押され、刀子の背にぶつかったのは——

◇　◇　◇

——トン。

それは猛烈な勢いとは裏腹に、驚くほどに静かな音だった。まるで肩に軽く手を置くように、衝撃は障壁に吸収されてしまった。

「……クソが」

「それまで！　トーコの障壁への接触を確認した！　よってこのサプライズバトル、ハルナの勝利とする！」

老紳士の宣言の後、会場は大声援と大喝采に包まれた。短い時間だったとはいえ、その試合内容は実に見応えのあるものだったからだ。観客の大多数は大まかにも理解していなかったが、2人の応酬の凄まじさに心から拍手を送っていた。

「はぁー……ったく、ここまで努力しても駄目だったか。ああ、いや、お前もいつも通り、全力で努力してるもんな。わりぃ、失言だったわ」

「刀子ちゃん、本当に変わったね？」

「ん、そうか？」

通算何十回目かの敗北を認識した刀子が、頭を掻きながら首を傾げる。

「うん。だって最後に私がタックルした時、やろうと思えば攻撃できた筈だよね？　私もある程度は覚悟していたんだけど、全然攻撃が来なかった。どうして？」

「馬っ鹿だな、悠那。これはデリスの旦那を祝う祝砲みたいなもんなんだぜ？　あの時点で俺が数発拳を叩き込んだとしても、お前は絶対に止まらなかっただろ。こんなめでたい日だ、旦那の弟子であるお前に無駄な怪我をさせられるかよ」

「……（じー）」

「な、何だよ？」

口を開け黙ったまま自分を見詰める悠那に、刀子は少し動揺しながら問い質す。

「ううん、やっぱり変わったなぁ～って」

「お前さ、たまにすげぇ失礼だよな」

「えー、素晴らしき試合を見せてくれた2人に、もう一度大きな拍手を！」

――パチパチパチ！

ハルと刀子のエキシビジョンマッチが終わった。ああ、いよいよこの時が来てしまったか。ハルの投擲や刀子の新技を問題なく緩和していた事だし、アレゼルとゼクスが用意してきた装置は正しく稼働している。この世の障壁発生装置で、あれほどの規格であの規模の出力を備えている代物は、恐らく存在しないだろう。それだけ規格外な発明品だと感心してしまう。

だがしかし、これから行う本番の戦いで、果たしてレベル7の威力を無効化する程度のものが、どれほど役に立つか……駄目だ、弱気になるな。刀子だってやっていたじゃないか。焦らず、冷静に。あいつらだって良い大人なんだ。流石に手加減する事は頭の片隅で考えてくれているだろ。じゃないと、この会場にいる皆の命が危ないぞ、と。ああ、期待なんてしない方が良いな。それよりも、仕掛け人としての仕事は全うしないと――

「――師匠、こんなところに座りこんで、何をしているんですか？」

「え、デリスさんですの？」

「今日の主役のかたっぽ……先に登場……？」

「デリスさん、出てくるのが早いですよ。師匠に見つからないうちに戻ってください！」

「えっ、だ、旦那っ！　デリスの旦那なのかっ!?　やばいよ、リリィ師匠！　今の俺、破廉恥じゃないか!?　試合の後で化粧が変になってないか!?」

「大丈夫、十分に可愛いわ。逆に汗が情欲をそそって良い感じよ」

……何か次から次へと現れてきたな。俺、一応観客達の中に隠れていたつもりだったんだけど。少しばかりハルの勘の鋭さを見くびっていたようだ。反省反省。

「ああ、ハル達か。何、ちょっとした野暮用だよ。これから俺達の見せ場だから、入念に準備しようと思ってな。それと、2人の戦い振りを確認しに。決して間違って出て来た訳じゃないから、そこは安心してくれ」

　本当は注目されながら出てくるのが嫌ってのもあるんだけどさ。

「2人とも、良い戦いだったぞ。会場もかなり盛り上がっていたし、これならあいつらから不満も出ないだろ。掛かった時間も適切だった」

「ありがとうございます！　私も楽しかったです！」

「お、おう。俺もまあ、何だ。迷惑掛けた借りを返せて良かったぜ。えっと、それで……ど、どうだった……んだぜ？」

「ん？　良かったと思うぞ？」

「いや、そうじゃなくて……もっとこう、具体的に」

　刀子が視線を逸らし、もじもじしながらそんな事を言い出した。ほんのりと頬を染めながら、そんな事を言い出した。

　おい、リリィ。何か刀子の様子が変だぞ。具体的に言えば、見た目はヤンキーなのに中身は純情少女みたいになってるぞ。いや、前からそんな感じはあったけどさ、より女らしさが増しているというか、破壊力が増しているというか……兎も角、何かやばい。

「ハルはいつも通り、全力で試合にいっているな。さっきの戦い方も前に前に踏み込みつつ、裏の裏をかきまくる良い意味での嫌らしさがあった」

「師匠の性格を参考にしてみました！」

「ハッハッハ、それはどういう意味なのかな？」

俺の弟子は些か素直過ぎるかもしれない。率直に的確に俺の心を抉ってくる。

「刀子は、そうだなぁ」

「う、うん……」

「前に悠那と戦った時よりも、確実に強くなっていた。これは何も、純粋な強さだけの話じゃない。肉体的にも、精神的にもだ。劇的な成長を続ける悠那もそうだが、刀子の変化にも同じくらい驚かされたよ。よく頑張ったな」

「そ、そうか？　へへっ、そっか……！」

ニカッと不器用に笑う刀子。だからそんな裏表のない笑顔を投げてくるなと。リリィもどうだ、良い仕事をしたでしょとばかりにサムズアップするな。

「さあさあ皆の者！　前座の戦いは楽しんで頂けたかな？　言わずとも分かっておる、興奮冷めやらぬといったところか。だが、本番は正にここからじゃ！　いよいよ本日の真打、花嫁ネル自身が出場する大一番の試合を行う！」

「「「「えっ？」」」」

司会進行役のヴァカラの声に逸早く反応したのは、会場の警備に徹していた騎士団の面々だった。おいおい、あいつ何を言っているんだ。正気か？　え、本気で？　マジで？　そんな思いの丈が顔に表れている。カノンなんか手に持っていたグラスを落とす有様で、ダガノフ老に叱られ――いや、ダガノフ老も固まっていらっしゃった。

「え、ええと、騎士団長が戦うんですか？　会場で？」

「うむ、そうじゃよ」

「あは、あははは……た、確かにそれは見応えのあるものですが、何も披露宴で花嫁が戦わなくても……それに騎士団長に見合う相手なんて、見繕える筈がないですよ。あははは……」

「ホッホッホ。そう心配するでない。この超サプライズバトルで戦うのは、その花嫁自身が指名した相手じゃ。何の問題もありはせんよ」

何とかして試合を阻止したい騎士達の質問を、ヴァカラは面白おかしく退けていく。必死だ。とても必死だ。

「安心せい。その為にこの結界を作り出す装置と、初めての共同作業役の新郎がここにおるんじゃなかからな」

「デリスさんが？　あっ、もしかして相手というのは――」

「――俺じゃねぇよ。俺はこの装置に上乗せして結界を張る役回り。ネルの戦いを周囲から支える、そういう意味の共同作業だ」

何とも騎士の嫁らしい披露宴になったもんだ。カノンも感動して涙を浮かべている。

「デ、デリスさん、大丈夫ですよね？　デリスさんなら、団長の攻撃の余波も止められますよね……？」

「……努力はする」

「デリスさぁ────ん!?」

　いや、ネル単体ならまだしも、今回はあいつも一緒だし。責任感の強い俺は、無責任にできるなんて言えないよ。それにカノンよ、少しはお前の後輩達のお気楽さを見習ったらどうだ？　あれだぞ、あれ。

「ネル団長の戦いを拝見できるなんて、何て光栄な事でしょうか！　ウィー、瞬きも許されませんわよ！」

「テレーゼさん、その考えは早計……瞬きをする事で、よりクリアな状態で観戦できる……」

「相手は誰なのかな、楽しみだね！　あれ、千奈津ちゃんどうしたの？」

「うう、頭が……」

「旦那のタキシード姿、かっけーなぁ……」

　ほら、自由だろ？

「ふむ、頃合いかの」

ヴァカラが腕時計(メイドイン・ゼクス)を確認し、意味深にそう呟いた。そうか、もうそんな時間なのか。おっし！　いいさ、やってやるさ。弟子が見ている前で無様な格好を晒す訳にはいかない。このデリス、一世一代の大仕事を見せてやろうじゃないか！　ただ損害補償とかその辺は気になっちゃうから、後で大八魔の連中に別途分厚いご祝儀を頂くとしよう。うん。

「では、これより新郎新婦——の、片一方はもう来ていたか。失礼、新婦の入場じゃ！」

ドォーンドォーンと、ヴァカラが示した方向に火柱の花道が形成される。まるでプロレスやボクシングの入場シーンのようで、これは絶対に花嫁が通るべき道ではないと皆が思った事だろう。ああ、俺もそう思う。

「西、赤竜の方向！　ネル・レミュール！」

「「「おお……！」」」

お色直しを終えたネルは、先の教会でのドレス姿とはまた異なる衣装に着替えて登場した。ザ・ウェディングドレスといった格好だった前とは違い、今回は純白のドレスに軽鎧を合わせた大胆かつ非常識な仕上がり。どう見ても戦闘用としか考えられない、ぶっ飛んだウェディングドレスだ。スカートには際どいスリットが入っていて、こちらも機能性重視で刀子の衣装にも負けないエロさがある。先ほどから呟かれている感嘆の声が、その証だろう。

「ネル、敵ながらやるわね……！」

　色街のエロスリーダーであるリリィも、思わずうなってしまうほどだった。スタイルも反則的だからな。あと敵じゃないから、仲間だから。

　ちなみに、紹介文にあった赤竜の方向とはこの世界でいうところの青龍、白虎のようなものだ。その時々や地域によってこの喩えは変えられるもので、今回はネルのイメージカラーとして真っ赤な炎が採用されたんだろう。そして、そんな赤竜に対するは――

「――対するは東、黒蝶の方向！　マリー・ガルイリー！」

「妾、登場っ！」

　偽名と共に登場したのは、漆黒のドレスを纏った大八魔第三席、マリア・イリーガル。『吸血姫』の二つ名に肖ってか、何処かの姫君のようにも感じられる佇まいだ。ネルの衣装とは真逆に肌を殆ど見せず、肘まであるグローブやタイツで覆い隠している。頭に載せている可愛らしい金の王冠はもしや自前か、それも物本の王冠じゃねぇかと邪推してしまう。皆の反応はこれまた同じで、こんな小さな子供が相手なのかと驚いているようだった。

「あら、随分と地味な格好で来たじゃない。貴女の事だから、もっと派手な装いで現れると思ったのだけれど？」

「ふふん！　下品に着飾るだけじゃ、真に見惚れさせる事はできないのよ？　まあ、まだまだお子様なネルには、ちょっと早い話だったかしら？」

「ふふっ、相変わらず口だけは大人びようと必死、あら失礼。達者なのね。微笑ましく思えちゃう」

「わあ、奇遇ね！　ちょうど妾も同じ事を考えていたんだ〜」

「「……（ニゴッ！）」」

もう駄目かもしれない。

「師匠、あの子って大八魔の――」

「あー、今は身分を隠しているからな。設定上はとある国のお姫様で統一世界王者とかいう、ふざけた感じなんだが……あながち間違ってはいないとだけ言っておこう」

「え、えっと……ネルさんの相手をするって事は、それだけ凄く強いって事ですよね？」

「まず間違いなく片手で数えられる中には入るな。ハル、お前が目指すべき最終目標、そのうちの一つだと思って良い。この戦い、見逃すなよ？」

「はい！」

そう、大八魔の戦いを間近で見られる機会はそうそうない。だからこそ、これをハルに見せたかったんだ。この2人の戦いを通じて、ハルならば何かを掴み取ってくれると俺は確信している。が、その代償を甘く見過ぎていた感が、いや、もう遅いんだけどね……

「あれっ？　師匠が腰に差してる剣って……」

「気が付いたか」

　千奈津がネルの得物に注目したようだ。あいつが腰に差している剣は、千奈津に渡した炎魔剣プルートの代用品などではない。本物の炎魔剣プルート、正真正銘ネルの愛剣だった。

「このレベルともなれば、そこらの名剣や最高級品の代用品じゃ持たないからな。ちょっとの間だけ返してもらう事にしたんだ」

「一体いつの間に……」

　そこはまあ、アレゼルの力でスッと。

「この戦いが終わったら杖に戻して返すからさ、悪いけど辛抱してくれ」

「いえ、元々ネル師匠のものですし、私は構いませんけれど……あの、副団長として騎士の皆さんの声を再び代弁しますが、本当に大丈夫なんですか？　この会場、吹き飛んだりしませんか？」

「……おいおい、こんなめでたい席で新郎の失敗を心配するなんて、千奈津らしくないナンセンスな質問じゃないか」

「その微妙な間が既に怪しいです。ナンセンスでも人命が第一なんです。今のうちに避難を進めて――」

「――千奈津神、それはストップ！　不味いって！　準備の不備を理由に俺がネルに殺されるって！」

「では、どうするんです?……え、千奈津し、何て言いました?」

おっと、口が滑った。しかし、記念すべき披露宴で客の避難なんて敢行させれば、ネルや大八魔の連中から不満が出る事は必至。それだけは避けなければならない。

「そんな事をしなくたって、俺が当事者として責任を持つ! 万が一に備えての策も考えているんだ。だから、早まるな……!」

「千奈津ちゃん、師匠を信じようよ。あの師匠が全くの無策で、こんな催しを提案する筈ないもん!」

「……そうね、あのデリスさんが何の考えもなしに、こんな無謀な事をする筈がなかったわね。すみませんでした、デリスさん」

「いや、まあ、うん」

信頼されている筈なんだが、少しばかり嫌味を感じるのは何でだろうか?

――メラッ……!

っと、俺らがこうしている間にも、ネルとマリアの間で熾烈な舌戦が繰り広げられていたようだ。ネルのプルートに炎が灯って、僅かにその熱がここにまで届いている。そろそろマジで障壁を張らないと。

「「バーカバーカ!」」

「おっと、これは開始前から激戦の予感! 両者とも一歩も引かず、相手に罵倒を投げ掛けておるぞ！」

「おい、ヴァカラ」

「む、デリスか。どうした？」

「そろそろ始めさせよう。でないと、お前の開始宣言前に勝手にやり始めるぞ、あれ」

「それはいかんな、実にいかん。では皆の者、いよいよ超サプライズバトル開始の時間がやって来た！　ルールは先の戦いとは違い、手を突いた障壁に触ったなどというジャッジは抜きに、互いが満足するまで行われる！　何、心配する必要はない。ここにおる新郎デリスが、初めての共同作業をやり切ってくれるであろう！」

「「「おおー！」」」

変に煽るなハードルを上げるな……！

「2人とも、用意と心の準備は良いかの？」

「当然。さっさと始めて」

「あはは、全力を出すのは何年振りだっけ？　光栄に思いなさいよね、ネル！」

今、全力って言った？　言っちゃった？

「よし、それでは始めるとするかの。では──試合、開始ぃ────！」

その瞬間、大地が震えた。

◇　◇　◇

花の国クロッカス南東部。豊かな森林地帯に面したとある村の付近にて、ある異変が起ころうとしていた。場所は村人達の仕事場の一つである森の中。そこで林業を営むドワーフが木に斧を突き立て、コーンコーンと小気味好い音を鳴らしている。

「おーい、ゴドー！　そろそろ昼にすんべー！」

そんな彼に声を掛けたのは、同じ仕事仲間の友人だった。ドワーフである彼らは背こそ低いが、その肉体は鍛え込まれており、鉄斧が1本あればどんな大木だろうと倒せる腕を持っている。それは一村人に過ぎない彼らも例外ではなく、今さっきゴドーと呼ばれたドワーフは大木を打ち倒す直前のところだった。

「おお、もうそんな時間だべか？　少し待ってけれ、後少しでこいつが倒れるんだぁ」

「ゴドーは仕事熱心だなぁ。村一番の力自慢は伊達じゃねぇべな」

「へへ、そう茶化すなぁ。んじゃ、いくべよー。せーのぉ――」

――ズゥ――――――ン……！

轟音、ゴドーが大木を切り倒した音ではない。ゴドーが大木に鉄斧を振るおうとした瞬間、途轍もなく大きな地震が起こったのだ。森の木々を揺さぶり、倒れる寸前だった大木へ、ゴドーの代わりに止めを刺すほどの揺れだ。

「ギャー！　ギャー！」

「な、何だぁ!?」

けたたましく鳴き声を上げながら、森から一斉に野鳥が飛び立った。まるで森にいた者達が示し合わせたかのように、本当に同時に飛んだのだ。長年この地に住まう2人でも、こんな光景は見た事がない。ゴドー達はただただ唖然と、鳥達が南へと飛翔するのを眺めるばかりだった。

「ギィ！　ギィー！」

「あれ、森の主様かぁ……!?」

見上げる空を隠してしまうほどの鳥の中には、凶悪な大型モンスターもいた。普通であれば周囲を飛ぶ鳥達を捕食する絶対強者であり、運が悪ければドワーフをも食べてしまう危険な存在だ。が、今は獲物になんて見向きもせず、我先にと、一目散に飛ぼうとしている。どこかを目指している？　今の地震と何か関係が？　ゴドー達は首を傾げるばかりだ。

「……もしかして、今の地震を引き起こした何かから、逃げようとしてんのかぁ？」

「も、森の主様が？　だけんども、何かって一体何さ？」

「そんなもん、おいが知る訳なか」

最早森からは、鳥の鳴き声が一切聞こえなくなっていた。空の彼方で地平線を目指す集団が、どうやらこの森の全鳥類だったらしい。妙に静かな森が不気味であり、明らかに異常事態だった。

「こりゃあ飯どころでねぇな。村にけえって、皆の安全を確認すんべ」

「だなぁ――」

――ダガダガ、ダガダガ！

静寂に包まれていた森に、突如として大きな足音が響き渡る。それは連続的に鳴っていて、地を踏み鳴らすような音だった。徐々に音は大きくなり、遂にはゴドーの横を通り抜ける。

「っとぉ!?」

身構えるゴドーの横を、1頭の鹿が走り抜けて行った。鹿は森から離れるようにして、そのまま駆け続ける。

「で、でぇじょうぶか、ゴドー!?」

「お、おう……鳥の次は獣たぁ、本当に何事なんだろうなぁ」

「それも、ありゃあ獣の先駆けだ。足音が仰山こっちに向かってる。急いで逃げっぞ」

「村の皆にも知らせねぇと……！」

ゴドー達が森を離れて少しすると、その場所に森の獣やモンスター達が雪崩れ込んだ。

彼らは兎に角一心不乱に駆け、先んじて森を出た鳥達と同様の方向へと向かう。ゴドー達は獣達の疾走に村が巻き込まれないかと心配していたが、不思議な事に獣達は人間の住処は避けて走っていた。まるで獣達が、そんな事に構う時間さえも惜しいと考えているようで、尚更ドワーフ達は不審に思うのであった。

更にこの異常事態はクロッカスだけではなく、ジバ大陸の各地で目撃されていた。何が彼らの野生本能に訴えかけるのかは判明していない。ただ一つ分かるのは、皆一様に大陸の中心地から逆の方へと進路を取っている事だけだ。

武の国ガルデバラン。あらゆる国々の中でも逸早くこの現象を察知したのは、他でもないこの国だ。なぜ最も先に気付けたのか？　その理由は多々あれど、第一の理由は不変。かつてアーデルハイトと矛を交えた際に埋め込まれたトラウマは、何も兵士個人だけのものではない。国自体がそうなってしまったのだ。国全体を動員してアーデルハイトの動向を常に注視し、些細な変化も見逃さぬよう努めていたガルデバランだからこそ、できた芸当といえるだろう。

この国を治めるのは武王と呼ばれ、国に仕える配下や国民達から絶大な信頼を寄せられている超越者。圧倒的実力主義のこの国で、武王はその力を大いに振るいこの地位にまでのし上がった。幼き頃にモンスターを素手で殺した。天才と名高い相手を力でねじ伏せ、そういった輩を幾人も屈服させた。戦となれば自らが先陣を切り、大将首をあげた。その力はレベル7にも届くとされ、先日勇者に指名された3人よりも強いと噂されている。

「た、大変でありまする、武王！」

ガルデバラン城、謁見の間。どことなく和の雰囲気が漂う厳かなその場に、1人の兵が早足で入室する。彼は切羽詰まった様子で、玉座に座る武王へある報告をしに来たのだ。

武王は平時でも戦装束を纏っており、城の中でも武者のような姿でいる事が殆どだ。顔にも面頬に似たフェイスガードを付けている為、その表情を察する事はできない。何を考えているのか分からない事から、配下の者達は敬意と同時に畏怖も抱いていた。

「……何用か？」

武王の声は低く、しかし謁見の間に響く大きな声だった。この揺さぶられるような声を耳にするだけで、緊張が増し自らの心臓がより激しく鼓動する。そんな圧迫感を抱きながら、兵は床に膝をついた。

「警備部門の長より報告っ！　アーデルハイト中心地、恐らくは首都ディアーナにて大規模な揺れを観測したとの事！　瞬間的に感知した爆発的な魔力の流れから、自然的な地震ではなく人為的なものであると推測！　同時に、ジバ大陸各地の野生生物が中心地からの退避を開始したとの情報あり！　緊急事態につき、至急武王の指示を仰ぎたいとの事ですっ！」

「……そうか」

何かを考えるように黙る武王に、兵は生唾を飲み込みながら答えを待った。武王はアーデルハイトについての報告を、過剰にまで欲している。これは防衛力を高めると同時に、かつて敗北したアーデルハイトに対しての挑戦を今も諦めていないという、ある意味での意思表示ではないか。そう兵達の間で、真しやかに噂されていた。

（あの赤い悪魔がいる国と、再び戦おうと準備なされている。武王とは何と強靭な心を持つお方なのだ……！　しかし、しかし……！）

武王に仕える屈強なる兵士達の中には、トラウマを植え付けられた者が多く存在する。この兵も武王を敬いこそはすれ、心の中ではもうあの国とは、いや、あの赤い悪魔とは戦いたくないと思っていた。だからこそ、武王が今こそ好機！　などと宣言する事を恐れていたのだ。

「……」

「……」

なかなか答えが返ってこない。武王の心を一兵士が察するなんてできる事ではないのだが、自分とは違う、何か凄まじい事を考えているのだと、彼は信じて止まなかった。では、ここで武王の心を覗いてみよう。

（――やっべぇ――――！　アーデルハイト中心部で大地震発生アーンド超強力な魔力の発

生を感知って、どう考えたって『殲姫』のネル・レミュールが原因だろっ!? 偶然にも、今日は殲姫が結婚するとかって招待状に書いてあった日だ。つう事は、絶対偶然じゃないな。ああ、必然だ。あの悪魔が結婚できた事自体正直驚きを隠せないし、そもそも普通の式に終わる筈がねぇんだ。というかさ、何で俺に招待状なんて送ってくるんだよぉ……行ける訳ねぇじゃねぇかよぉ……行ってもトラウマ、行かなくても何の言い掛かりを付けられるか分からない……何の嫌がらせなんだよぉ……もう放っておいてくれよぉ……）

　兵や国もそうであれば、武王もまた同様。武王は普通にトラウマを抱えていた。どうやらアーデルハイトとガルデバランが争う事は、もうなさそうだ。

　危ない危ない。まさか開幕した瞬間に、メイドイン・ゼクスの舞台が跡形もなく溶かされるとは。舞台裏にまで障壁を施していなかったから、少し焦ってしまった。威力は随分殺せた筈だけど、衝撃の余波やネル達の殺気は少し外に漏れ出てしまったかも。ま、許容範囲だと自分に言い聞かせよう。気にしない。

「デリスさん、結構揺れてますけど！　大丈夫なんですかっ!?」

「大丈夫だ、ほんの少し油断しただけだ」

「師匠！　この場合、ほんの少しの油断が命取りになるかとっ！」

「ゆれ、揺れていますわっ!?」

「く、空中に避難……！」

「旦那、かっけー……って、違う違う！　皆、落ち着け！　落ち着いてテーブルの下に隠れるんだ！」

おいおい、皆少し大袈裟じゃないか？　こんなの、日本にいれば「お、すげぇ揺れてる！」って軽く警戒するくらいじゃないか。大丈夫、こんなのは日常茶飯事のレベル、つまりは普段と何ら変わりないのだ。

……そう気楽に構えていないと、これからどれだけ続くのか全く分からない、こいつらの戦いになんて付き合えない。ああ、早く終われば良いなぁ……

「結界の中、ずっと光が広がってて全然見えないよ！　太陽みたい！」

「気配も探るどころの話じゃないわ。結界内全体に2人の反応があるような気がするし……これ、どうなっているんですか？」

「そりゃ単に、察知能力がネル達の移動スピードに追い付けてないだけだろ。この結界は、あの2人が全力で戦うにしては狭すぎるからな。あっちに行ったりこっちに行ったり目まぐるしく動いているから、内部全域に2人がいるように錯覚しているんだ」

「い、一体どんなスピードなんですか、それ……」

「どんなスピードって、うーん、そうだなぁ」

また説明に困る質問を。2人とも似たタイプの戦法を取るし、物差しになるもんが他にないぞ。

ネルは言わずと知れた突貫攻撃第一主義者で、やられる前に超威力の炎で相手の攻撃ごと薙ぎ払うのを好んでいる。ステータスに振るっているのはもちろん、耐久を犠牲にした上に成り立つ攻撃力と速さだ。尤も犠牲にしている防御面も自身の工夫で完全解決してしまっている為、殆ど無敵みたいなもんである。攻撃ごと薙ぎ払うとか言ったけど、そもそも先に攻撃なんてさせてくれない鬼だ。鬼畜だ。加えてこの結界の中を見て分かるように、射程範囲も頗る広大。超攻撃力×超スピード×超射程＝最強と、単純にして明快な強さ。要は逆らってはならない。

一方のマリアはというと……彼女は大八魔内の階級としては上から3番目であるが、純粋な破壊力と素早さは随一。魔力的な意味でもそうだが、仮にマリアがフンドと腕相撲をすれば、小指と両腕で対決しても圧勝できるくらいのパワーを持ち合わせている。完全なる容姿詐欺だな。唯一の救いはネルと同じく、攻撃面と比較すれば、防御面はそこまで優れていないという事だろう。しかし、吸血鬼の特性なのかは知らないが、マリアにはアホみたいな超再生能力が備わっている。頭や心臓を吹き飛ばそうが、髪の毛一本でも残っていれば、そこから再生してしまうのだ。なぜか着ている衣服まで再生する。昔ネルが試した事があるから間違いない。

　まあ結論から言うとだな、ネルとマリアはこの世界最速のスピードスターを争う二強にして、この世界で最も敵に回してはならない女の座を争う二強なのだ。そんなあいつらを相手に、どれだけ速いかなんて分かりやすく説明できる筈がないだろう。ただ、敢えて言うのなら――

「――あのスピードに追い付けたら、世界をとれる。俺が保証しよう」

「えぇっ……でも、そこまで真剣な顔で言われると、変に納得してしまいますね。と言いますか、デリスさん意外と余裕そうです？」

「それは違うよ、千奈津ちゃん。こういう時の師匠、他の事で気を紛らわそうとしているだけだから」

「ハッハッハ……」

　ハルはよく俺を見ているなぁ。そして、その判断は正しい。神聖魔法の最上位クラスで分厚く囲っているのに、もう手先から腕に至るまでどこもプルプル震えてるよ。

「千奈津、可能であればリフレッシュの魔法を施し続けてくれればありがたい。この前、スクロール買ってただろ？」

「本当にピンチみたいですね。了解です」

　しかし、こうも結界内が光ってばかりだと、ハルに見せたかった2人の戦いがよく分からない。戦いのレベル的には間違いなく最上位クラスのもので凄まじいのだが、来客の受けとしてもいまいちな気がして来た。

「おーい、お前ら！　これ、一応催しとしてやってんだからな！　その辺も考えて戦ってくれ！　見えなかったらお色直しの意味がないぞ！」

「む？　おお、そうじゃったそうじゃった。見栄えは大切じゃぞー」

ヴァカラめ、司会の仕事を忘れて普通に観戦していやがったな。

――グォン！

俺の言葉を理解してくれたのか、それから直ぐに結界の内面を覆い隠していた炎の壁が消え去った。壁の向こうには頬から血を流すネルと、全身に軽い火傷を負ったマリアの姿が見える。

「ふう、ふう……あ、そっかー。妾ついつい楽しくって、お披露目の事を忘れちゃってた。えっへへー」

マリアのぶりっ子振りがいつもよりあざとくなっているのを見るに、そこまで試合前の余裕はない感じか。なんて考えているうちに、マリアの体はすっかり元通りに。ついでにゴシックドレスも新品同様に新調されていた。相変わらずの化け物っぷりだ。

「……」

ネルは自身の炎を指に灯し、それを頬の傷口にジジッと焼き付ける事で治療を施す。指先を離せば傷口は綺麗になくなり、こちらも完治。ただネルも肩で息をしてるようだし、今のところは互角かな。

「ネルさんのあの治療法、前に刀子ちゃんの攻撃を受けた時も使っていましたけど、あれも回復魔法なんですか？」

「あー、顔面目掛けてラッシュした時な。その直後にデコピン貰っちまって気絶したけど」

「おうぇっ!?　と、刀子、命知らずだな……」

「ベルセルクを受けてみたいって言われたから、つい調子にのっちゃって……って、そこまで心配される事なのか？　旦那、変な声が出てたぞ？」

いや、少なくとも変な声が出るくらい驚いたし、尊敬しちゃったよ。しかし、一体それはどんな状況だったんだ？　ベルセルクの乗った攻撃を食らいたいって、ネルには俺の知らないマゾな一面があったとか？

「……ないな、絶対ない」

「何がですか？」

「いや、こっちの話だ。ネルの傷が炎で治る話だったか。ネルのあの炎は、回復魔法なんかじゃないよ。仮に俺があの指先の炎を押し付けられたら、普通に火傷してダメージ食らう」

「んんっ？　どういう事です？」

「ネルは『炎耐性』スキルの上位スキル、『炎無効』を通り越して『炎吸収』を持っているんだよ。自分の炎だろうが敵の炎だろうが、それに触れてしまえばダメージを受けるどころか回復してしまう代物だ。ネルの炎は最大の攻撃かつ最大の回復策でもある、攻防一体の武器なんだ。炎の威力に回復力も比例するから、たとえ致命傷を食らっても大抵は自力で復活できる」

「それって、全然隙がないじゃないですか……」

ないよ、殆どない。さっきみたいに結界内を炎で満たした状況なら、随時回復しながら戦っているのとほぼ同義だ。敵は焼け焦げるのに自分は回復するというこの理不尽。炎消滅時に唯一あった頬の傷は、その腹いせにマリアが解除と同時に付けた嫌がらせみたいなもんだろう。くわばらくわばら。

「大量の水で押し潰すとかはどうです？　海の中で戦うとか！」

「ハルは泳ぐのも得意だったもんな。けど、海ごと蒸発させそうで怖いぞ？」

「た、確かにネル師匠ならやりかねない、かも……」

おっと、そろそろ２人が第２ラウンドに移行しそうだ。

◇　◇　◇

　ネルがプルートを前に突き出す構えを取り、対峙するマリアは当然のように空中に浮遊しながら、上からネルを見下ろしていた。ちなみに翼は不可視化している為、事情を知らない奴らはマリアが宙に浮いている事にまず驚く。

「あは、あははは……あの子、団長と渡り合ってますよ、ダガノフ隊長。どうやら僕は夢を見ているようです。そうか、これは夢だったのか～。うふふ……」

「流石はネル団長とデリス殿の御友人、恐ろしい実力者だ……！」

　ああ、それ以前にそこからか。騎士団の連中にとってネルと互角に戦える存在を見るのは、そもそもこれが初めての事。ヨーゼフでさえ予想していなかっただろう。まあ、これでネルさえいれば大丈夫、なんて安易な国防思考から抜け出せれば御の字かな。

「ね～ね～、ネルってば～」

「……何よ」

　容姿相応の笑顔を携えるマリアに対し、ネルの表情と口調はとても冷たい。もし俺に向けられたら、無条件で謝罪するほどに冷たい。

「妾達が普通に全力で戦っても、観客達は目で追えないと思うんだよね。ほら、妾達のスピードってとんでもないじゃん？　ま、本気でやれば妾の方が何倍も速いんだけどね」

「だから？」

「もう少し、サービスした方が良いんじゃないかなぁって。今更だけど、妾の目的はこの会場にいる皆に、衣装チェンジした妾の可憐な姿を見せる事なんだよ？　ネルだって折角の披露宴なんだし、その辺に気を回した方が良いと思うな。デリスだって、ネルのその姿をよく見たいと思っているんじゃない？」

「……（チラッ）」

不意にネルがこちらに視線を送ってきた。え、俺？　ここで俺に投げ掛けるの？

「デリスさん、早く何か言わないと……」

「わ、分かってる」

マリアの問いは、俺がネルの衣装を見たいかどうか、だったか？　そりゃあ、俺個人としては見たいさ。こんな形式になってはしまったが、何と言ったって愛する嫁の晴れ姿だもの。ゼクスがこっそり撮ってる記録媒体を、後で貰う約束をしているくらいに見たい。それに、ハルの件だってあるんだ。披露宴らしく皆に分かるように戦ってくれれば、当然ハルだって十全に観察する事ができる。

しかし、しかーしだ。これだけの無茶を式でさせたんだ。ネルとしては存分にマリアと殴り合いたいって気持ちもあるだろう。その気持ちと花嫁衣装を俺に見てもらいたいって想い、ネルの心の中で、果たしてどちらが多く占めているのか。その辺を吟味して答えないと、俺にまで攻撃が飛び火してしまうかもしれない。

ぐっ、どっちが正解だ!?　2人を思いっ切り戦わせるか、披露宴を重視して見栄えを取るか、赤い悪魔か純白の花嫁か……!

「――お、俺はネルの姿を、じっくり見たいかな、なんて……」

「……」

「ひゃー、そんな正面から言っちゃうんだ!　妾まで恥ずかしくなっちゃうかも。ぽっ」

黙れ年齢詐称。だが、肝心のネルの表情はまだ動かない。どっちだ、正解だったのか……!?

「……そ、そう。デリスがそう言うのなら、仕方ないわね」

正解を引いたぁ――――!

「刀子!」

「え、あ、えっ!?」

「いえーい!」

「い、いえーい?」

パァン!　と、あまりの嬉しさに思わず視線の合った刀子とハイタッチしてしまった。

それは死亡フラグじゃないかって?　ははっ、まさか。

「だ、旦那の手に触れちゃった!　もう、手を洗えない……」

「何言ってるのよ、トーコ。夢の中ではもっと凄いあんな事やこんな事とか、色々仕込んだでしょうが」

「でもリリィ師匠、今度は本物のデリスの旦那だぜ？　物本のデリスの旦那なんだぜ!?」

「刀子ちゃん、健康の為に手は洗った方が良いよ！　うがいもした方が良いよ！」

「悠那、たぶんそういう事じゃないから」

何やら周りが騒がしくなってきた。お前達、お願いだから2人に集中してあげて！　折角気配りされた戦いをしてくれるって言うんだ。これを見なきゃ損だぞ。

「じゃ、具体的にはどうしよっか？　ネル、何か良い案はある？」

「何よ、考えてなかったの？」

「えへ♪」

「……（チラッ）」

いや、えへじゃなくて。チラッじゃなくて。そこまで俺に振るのかよ。

「あー……移動禁止にした上で、真っ正面から殴り合いとかか？　それなら派手だし、見栄えも良いと思うぞ。ただ時と場所を考えて、エグいのはなしで。できれば、結界を張る俺の負担を考慮して加減してもらえると――」

「――ってデリスが言ってるけど、それで良い？　妾は構わないよ」

「私の夫がそう提案したのよ。私だって問題ないわよ」

ねえ、一番大事なところでさえぎらないでくんない？　どうして最後まで言わせてくれないのよ？　そんな俺の心の叫びを無視するように、提案を受けたネルとマリアはさっさと2人の世界に戻ってしまう。

「ふふーん、良いのかな～。ネルの強さは〝馬火〟力と超スピードがあってこそでしょ？確かに自前の炎で回復するのは頭おかしいくらいに厄介だけれど、妾の再生力と比較したら流石に分が悪いと思うよ？　妾の目的はこの衣装を皆に見せる事だし、無理に戦わなくても良いんだよ？」

「寝言は倒されてから言いなさいよ、条件は貴女も一緒でしょうが。それとも何？　自分の力に自信がないから、敢えて正面衝突を避けるような発言をしているの？　、あら、そうだったのならごめんなさいね。私、言葉の裏を読み解くのが苦手なのよ」

「そ、そこまで言っちゃうの？　妾に向かって？」

「貴女の方こそ訂正しなさいよ。突貫こそが私の本質、酷い侮辱よ」

「へえ……」

「ふーん……」

「「――ぶっ殺す！」」

君らさ、ホントに人の話を聞かないどころか真逆に全力疾走してるよね。もういいよ、俺は止めないよ。全力で止めてやるよさあ来いや！

「遊びは終わりよ、レッドドレス！」

「妾の力、思い出させてあげる。セレスティアルゾア！」

ネルのプルートが、戦闘用ウェディングドレスが、みるみるうちに紅蓮の炎に包まれていく。宛ら炎で仕立てられたドレスのようだ。本物のドレスに炎が燃え移るような事はないが、あの炎は最早熱いとか火傷するとか、そういう段階の代物ではない。これまで広範囲に散らしていたネルの炎が伴うエネルギーを、全てあの形に押し固めたものなのだ。煉獄を視覚化して、正しく表現したものと言えるだろう。普通はネルに近づくだけで、伝わる熱気で即死もの。仮に俺の障壁がなかったとしたら、この会場もただでは済まない惨状になってしまう。

そんな煉獄の最中にいるマリアはというと、彼女の周りに血の混じった紅い風の獣達を舞わせる事で、被害を回避していた。風とは目に見えないものだが、マリアが生み出す風系統の魔法はあんな風に自分の血を依代に使っている為、紅い風が形成される。吸血鬼の血は魔力の塊、それを振り撒けば魔法も強化されるんじゃないの？　という、頭の悪い発想から大昔に開発したらしい。しかしながら、その血が賢者の石並みの魔力を発生させるのは事実で、実際に超強化されているのだから手に負えない。マリアが生み出した獣の種類は様々で、狼や蝙蝠のようなシルエットを作っている。

……うん、無理っぽいな。ごめん、やっぱり最終手段を使います。

「（アガ）リア、ヘルプミー！」

「え、僕？　僕はデリスみたいに、強力な結界を張る力なんてないよ～」

「そろそろ冗談言ってる暇がマジでないんだ、真面目にやってくれ！　俺の神聖魔法貸してやるから、マジで頼む！」

　俺の最終手段とは、アガリアの能力で俺の魔法をコピーして、2人同時に結界を施すというもの。向こうが紅蓮魔法と狂飆魔法で来るのなら、こっちだって2人で対応だ！

「えっと、光系統は久しぶりだから勝手がちょっと……あ、あれ、こうだっけ？」

　アガリア、お願いだから早くして！

　地獄の業火を宿したネルが、剣が、ドレスが舞う。観客達に考慮して速度を極力抑えた、比較的ゆったりとした動きだったが、皆にはネルの姿がぶれているように感じられただろう。恐怖の権化として恐れられるネルの、だとしても超一流どころか世界一の剣士による剣の舞いだ。これが美しくない筈がなく、まるで魅了されたかのように見入ってしまう。
「美しい……」
「団長ってあんな綺麗な戦い方をしていたんだな……」
「俺、知らなかった……」

これまで残像さえも追えなかった騎士の面々が、目に映りさえすれば見惚れるものだったのかと惚けている。過程が如何に大事かって事が分かるワンシーンだな。ああやって過程を目にするのと、突拍子もなく派手に目標が破壊されるのとでは、印象に雲泥の差が生じてしまう訳だ。その辺りをネルは全然気にしないから、兎に角怖いという先入観ができてしまう。まあ、その先入観はあながち間違ってもいないから、今までは訂正する必要もなかったんだが、今だけは嫁さんの綺麗なところを自慢したい。

「お、おい、あの子も凄いぞ！」

対戦相手であるマリアにも注目が集まる。間合いから放たれるネルの剣筋を、マリアは周りに生成した紅い獣の風で受け流していた。彼女が操る獣達はどれも小型で、一見可愛らしくも見えるかもしれないが、それは大きな誤りである。唯でさえ強力なマリアの魔法を、さっき言った賢者の石並みの出力で補強しているんだ。ネルの一振りを弾いている時点で、その威力が計り知れないと容易に推測できるだろう。獣達にはそれぞれに意思があるのか、全てが自立して行動している。好き勝手に攻撃する本体のマリアを護るようにと、そうプログラムされているのかもな。

しかもこの風、攻撃を受けた瞬間に爆発する盾と爆弾の役割を両方担っているようで、ネルと同じく攻防一体の魔法なのだ。いや、攻防一体と言っては語弊があるか。その爆発が起こる度に、マリア自身も巻き込まれているし。ただ、そんな事なんて些細なものだと言わんばかりに、破壊されるペース以上の速度で、新しい風の獣が次々と大量生産されていっている。これはなかなか地獄な光景だ。

「ほらほらっあっづ！　ネル、こんなものなのいったぁい！」

「ああ、もう面倒ねっ！」

彼女的にはネルの攻撃を受けるよりも、自らの魔法に巻き込まれる方を良しとしたんだろう。周りの風でネルの剣を弾き、自らは自滅するのもお構いなしに、近距離からの格闘戦に挑んでいた。熱いだの痛いだのと一々叫んで、幼気な女の子アピールを重ねている。

……アピールなのか、あれ？

「師匠、大丈夫ですか？　凄い汗ですよ……？」

「……ああ、大丈夫大丈夫。千奈津のリフレッシュも効いているから、精神上は大分楽になってるよ」

「それなら僕にも使ってほしいんだけどな～。地味に、キツイよ、この作業っ！」

何を仰いますか、第一席のアガリアさん。大八魔のトップなんだから、これくらいは耐えてくださいよ。俺？　俺は人間だから、千奈津の手厚い介護が必要なんだ。む、これってリリィと同じ思考に陥っているのでは……

と、色々な事を考えながら現実逃避を試みるが、やはり辛い。いくら目を背けようとも、無理ゲーという名の現実が肉体へと如実に表れてきている。今回ばかりはお調子者のアガリアも、嘘偽りなくキツイと言っているもんなぁ。

2人が戦う様は、これでも大分落ち着いている。何といっても、観客達にも視認できるよう速度を調整してくれているのはでかい。それでも、ネルとマリアが繰り出す一撃一撃には相手を殺すという、確かな殺気が込められていた。達人による演武の如く洗練されている一方で、中身の威力は怪獣同士が暴れているのと変わりない。

結界の外からでは理解し辛いかもしれないが、ネルがあの速度でプルートを一振りする度に、結構な規模の村を一撃で焼き払うだけの熱量が放たれているのだ。それに対抗するマリアも同じようなもので、2人が衝突する事で威力は更に上がっている。剣と炎が、拳と嵐が交差する事でネルのレッドドレスが揺れ、マリアの体の一部が消滅。そして回復と再生を繰り返す事で、また最初の手順に戻る訳だ。

「そ、その煩わしいペット、あと何匹爆散させれば良いのかしら？」

「ふ、ふふっ……もしかして、もう音を上げてるとか？　妾、まだまだめっちゃいけるしぃ」

おまけに2人は負けず嫌いと、自ら身を引いて終わる要素が皆無。単純な殴り合いが、我慢大会に移行しつつある。

「(アガ) リア、まだいけそうか？」

「ぶっちゃけきついよ～……さっきも言ったけど、スキルは借りられても、熟練度は別物なんだからね……！」

「愚痴ってる余裕があるなら、まだ大丈夫そうだな。もうひと頑張りといこうじゃないか」

「うう、催しをしたいとは言ったけど、こんなのは望んでなかったよー……」

頑張れ、お前ならいける、俺もいける！

……だが、このままじゃ厳しいのも確かだ。

「よし、現実逃避のお勉強タイムだ。ハルと千奈津、刀子はこっそり聞いていけ」

「え……ここでお勉強、ですか!?」

ハルはあからさまに嫌そうな顔をした。だが頼む、観念してくれ。何か喋ってないと間も精神も肉体も持たないんだ。

「今回ばかりは私もどうかと思いますけど……障壁の形成に集中した方が良いのでは？」

「いや、もうそういう技術的な話じゃないんだ。根性とかそういうメンタルの領域に来ているんだ」

「あの、それってもう持たないって事なんじゃゃ……？」

流石だな、千奈津。正解に限りなく近い解答を毎回出してくれる。

「そうだなぁ、何について話すかなぁ……」

「ねえ、デリス？　話に集中するあまり、手を抜いちゃったとかそういう冗談は止めてよね？　僕1人じゃやばいからね？　そういうフリでもないからね？」

「大丈夫、俺は数々の試練を乗り越えて来た男――ああ、そうだ。大八魔達についてでも話すかぁー」

「デリスさん、目が虚(うつ)ろになってきてますよ!?　本当に大丈夫だと思ってます!?」

　ハッハッハ。さあ、現実逃避の始まりだ。


デリス独断、脳筋でも分かる大八魔の能力ランキング
※全て俺の独断と偏見による順位である。
◇物理的破壊力
マリア＞リムド＞ヴァカラ＞リリィヴィア＞ゼクス＞アガリア＞フンド＞アレゼル
◇魔法的破壊力
ヴァカラ＞マリア＞アガリア＞リムド＞アレゼル＞リリィヴィア＞ゼクス＞フンド
◇不死度
ヴァカラ＞マリア＞ゼクス＞リムド＞アガリア＞リリィヴィア＞フンド＞アレゼル
◇スピード
マリア＞アレゼル＞リリィヴィア＞アガリア＞リムド＞ヴァカラ＞ゼクス＞フンド
◇保有軍事力

ヴァカラ＞マリア＞リムド＞ゼクス＞アレゼル＞フンド＞リリィヴィア＞アガリア

「と、唐突に何の説明ですか、これ？」

「聞いての通り、俺の偏見と独断が入り交じった大八魔の情報だ。今よりも高みを目指すとなれば、そろそろあんな戦いの中に身を投じる覚悟が必要となる。だから、それについての情報も少しずつ覚えてもらおうと思ってるんだ」

「あ、あの……別に大八魔の皆さんと無理に戦う必要はないのでは？」

「何を言っているんだ、千奈津。大魔王は倒される為にいるんだぞ？　無理して頭から煙を出しているハルを見習わないと」

「ええっ……」

　こいつら年中娯楽に飢えているし、才能溢れる奴には興味津々だからな。

「まあ安心しろ。説明の通り、マリアは大八魔の中でもバリバリの武闘派だ。いきなりあれと戦う事なんて普通ないから。パーティ戦で下の下なフンドと引き分けているうちは絶対無理」

「あの凄く強かったフンドさんが、大八魔の中では本当にその位置なんですか？」

「フンドに関してはほぼ確定でこれだ。それだけ上とは差がある」

「むう……」

ん？　今どこかで渋い声が聞こえたような気が……気のせいか。ああ、本気の限界、ダムが決壊する音が聞こえてきた。

「このように、アガリアはトップを張ってはいるが、能力的には中間に位置するものが多い。だから、ネルやマリアのような火力特化型が相手になると、なあ？」

「えへへー。うん、とってもやばいんだよね～」

「デ、デリスさん……障壁が、何か凄く震えてますよっ!?」

「「――ごめん、もう無理（ニコッ）」」

バキンと、ガラスが盛大に割れるような音がした。

俺とアガリアの共同制作による障壁は、見るも無残に粉砕された。障壁の中より出づるは、全てを焼き焦がし、全てを溶かす灼熱か。或いは全てを切り刻み、全てを四散させる暴風か。やれる事はやったんだ。我が人生、思い起こせばなかなか悪くなかったんじゃないかな……？
「ちょっと、何勝手に黄昏ているのよ？」
「……いや、まあこうなると思っていたもので」

俺は生きていた。俺だけじゃない。ハルも千奈津も、他の皆も無事に生きていた。そして気が付けば、目の前にはネルがいた。

「な、何が起こったんだ？」

「団長達を囲っていた結界が弾けたと思ったら、炎の壁がせり上がって……団長が助けてくださったのか？」

そう、ネルとマリアの周りにあった結界は破られてしまったが、その代わりそこには紅蓮の壁が出来上がっていたのだ。炎の壁の中に閉ざされたエネルギーは、その莫大な威力を外側に出す事なく消滅させる。そしてその壁も、さっきのネルの声と同時に消え去っていった。

「ちょっと、ネル。貴女こそ戦いから抜け出して、勝手に何やってるのよ？　身を引いたって事は、妾の勝ちになっちゃうけれど……良いの？」

「別に構わないわよ。はい、私の負け。それで満足でしょ？」

「え、ええっ!?」

「何よ、その意外そうな顔は？　当然でしょ。私達の我が儘に付き合って、こんなにもお膳立てしてくれた夫を見殺しにする妻が、世界のどこにいるってのよ。足りないところは私が補う、倒れそうになれば支える。それが妻ってものなんでしょ、先輩？」

「〰〰っ！」

俺の真の切り札、それはネル自身を信じる事だった。もう十数年の付き合いになるネルが、こんな事で俺や友人知人弟子達を巻き込んで詰まらない喧嘩に興じるものか？　答えは言うまでもなく、確実にノーだ。いくら突貫第一主義者だからって、分別までは失っていない。まあ、最後に妻たる者の矜持を語ってくれたのは、ちょっと予想外だったけどさ。一応の既婚者であるマリアに対して先輩とは、見事な不意打ちが決まったな。

「さ、流石は団長だ！　うおお、ネル団長ー！」

「何て素晴らしい演出なのかしら。素敵ね……！」

来客達から割れんばかりの拍手が送られる。良かった、何とか誤魔化せてる。

「デ、デリスさん。もしかして、これも想定していたんですか……？」

「当然だ。俺はネルを信じていたからな。でなけりゃ、こんな結界が破壊される前提の戦いなんてさせないよ」

「もう、どの口が言うのよ……」

「わあ、ネルさん嬉しそう！」

「う、うるさいわね！」

「あはは、なら僕にも一言伝えておいてほしかったかな。本気で死ぬかと思ったよ。いや、ホントに……」

終わってみれば、とんでもない出来レースだったかもしれない。作った障壁が壊れそうになれば、戦いから離脱したネルが俺をフォローし、皆を護る。これぞ、真の共同作業というやつだろう。

「何綺麗に纏めようとしているのよー！　妾、もしかしてダシに使われた？　あんなに目立っていたのに、主役じゃなくて脇役だった!?」

「もしかしなくとも、そうじゃろうよ。デリスめ、何か企んでいるとは思っておったが、まさかマリアを使ってこのような演出を仕掛けるとはな。ワシらが祝う予定だったのが、逆に驚かされてしまったわい」

「それは何より。しかしだ、ヴァカラ。お前すっかり司会の仕事忘れてない？」

「うがー！　納得いかな～い！」

「む……？」

数秒の沈黙。そっと客人達の方へと向き直る骸老。

「皆の者！　これにて披露宴最大の催し、新郎新婦による共同作業の演目を終了とする！今一度、本日の主役達に拍手の嵐をっ！」

――パチパチパチ！

ここぞとばかりに、傍観者からサッと司会者に変身しやがった。

「俺よりも上手く誤魔化したな、あの骸骨……」

「まあまあ～。それよりも師匠、ネルさん！　披露宴はまだ続くんですから、今のうちに料理を食べて英気を養ってください！　私と調理場の皆さんで、今日の為に頑張って作りましたので！」

「おお、それは楽しみだ。もう魔力がすっからかんでさ、ちょうど腹が減ってたんだ」

『調理』スキルを得てメキメキとその腕を上げ続けているハルの料理は、美味いだけでなく魔力を回復する効果が含まれている。これまで、ハル以上にこのスキルを上げている奴に会った事がないからな。今以上に成長した時、更なる効果があるのではないかと期待していたり。何よりも美味いし。

それからハルに指定席へと連れて行かれ、俺とネルがもっくもっくと肉とワインを味わっていると、ぷりぷりと機嫌を損ねた様子のマリアがやって来た。

「ネル！　今日のところは貸しにしておいてあげるから、またいつか決着を付けるわよっ！」

「決着って、戦いは私が途中離脱した訳だし、貴女の勝ちで終わったじゃない。これ以上何をするのよ？」

「試合には勝ったけど、勝負には負けたのっ！　女同士なんだから、この微妙な乙女心を汲み取ってよ！」

年齢不詳の乙女心なんて、同性だって汲み取れる筈がないだろうに。言ったらしめられるから、絶対言葉にはしないけど。

「そうね。それじゃ、私の弟子を育てるのを手伝ってくれたら、考えてあげても良いわ」

「弟子？」

「……え？　ネ、ネル師匠……？」

「ちょっ、ネル!?」

おいおいおいおいおい！　なぜに、よりにもよってマリアなの!?　実力だけなら大八魔の中でも随一だと俺も考えているけど、教える側の素質は皆無に近いぞ!?

「あっ、私も是非ご教授願いたいですっ！」

「お、俺も……！」

ハルと刀子も手を挙げ始める。お前ら、自殺志願者か何かなん？

「なら、この子達も一緒に――」

「待て、待つんだ。ネル、落ち着け。いくら何でも、マリアに指導させるのは早過ぎる。二重の意味で！」

「ちょっと、それってどういう意味よ？」

ハル達にとっては時期尚早だし、お前も人にものを教えられるセンスがないって意味でだよ……！　加減を知らないマリアでは、流石のハル達も壊れてしまう。

「同じ大八魔に指導を願うにしたって、実力の近いフンドに頼んだ方が良いだろ？　ほら、今は各国との協定を結んでいる最中だし、俺が手を加えて何とでも調整できるし！」

「私達よりも弱い奴に頼んで、一体何になるって言うのよ。レベルが上がれば上がるほど、それよりも上のクラスに行くには苦労と時間が必要になるの。これからのチナツ達の成長を促す事を考えれば、多少の無茶も乗り越えないとならないわ。フンドは弱過ぎるし、教え方が丁寧そうだから、絶対苦労しないわ！」

お前、その台詞をあの死にそうな感じになってる千奈津の前で言えるのか？……うん、言えるからここで言っているんだもんな。ただ、それは多少の無茶ではなく完全なる無謀だ。

「フンドさん、そんなに弱いんですか？」

「大八魔としてはどうしようもないわね！　攻め手がもしリムドだったら、先の戦争でジバ大陸全域をブレスで吹き飛ばしていたわ！」

「あ、それは妾も同意するー。フンドちゃんには、これからもっと努力してもらわないと～」

「むう……」

また渋い声が聞こえた！　今度は気のせいじゃ絶対ないし、この近くにフンドいるだろ！　お前ら、この話題はもう止めて差し上げろ！

「ま、妾的にはネルが約束してくれるなら、別にやっても良いよ～？　でもこの大陸にずっと長居はできないから、気が向いたら妾の国に来てよ。基本的にはお城にいるし、配下には話を通しておくからさ」

「交渉成立ね。そのうちお邪魔するわ」

「わあ、楽しみだね！　千奈津ちゃん、刀子ちゃん！」

「そ、そう、ね……」

「よっし、これでもっと強くなれる！」

ハルと刀子、俺と千奈津のテンションの差がやばい。

◇　◇　◇

それから抗（あらが）うような事はしなかったのかって？　できる筈がないじゃないか。相手は世界で最も怖い女を争う２人だぞ。俺に死ねと申すのか。
「デ、デデ、デリスさん、どどど、どうしましょう……!?」
但し無駄にバイタリティに溢（あふ）れ、やる気に満ちているハルや刀子とは違い、俺と同じ常識を持ち合わせている千奈津は今にも死にそうな様子になっていた。マリアのところに行ったら行ったで、ほぼ確実な死が待ち受けているからな。今回ばかりは、投げっ放しという訳にもいかない。
「マリアの国に行く前に、最低限の事は身に付けさせておくか」

「最低限、ですか？」

「具体的な話はまた後でするよ。一応今、披露宴中だし」

「そ、そうでしたね。いつまでも私達がここにいると、他の来客の皆さんが来られないでしょうし、そろそろ戻りたいと思います。微力ながら、私の方でも何か対策を考えておきますので……」

「ああ、助かるよ。ハルは高みに上る事が第一で、刀子は俺が絡むとまだ暴走気味だからな」

「心中お察しします……」

うん。結婚式中に言われる台詞ではないよね、確実に。

「話は聞かせてもらったで、デリスはん」

「何だよ、はんって」

「あ、つい癖でな。にひひ」

ハル達と入れ替わるように、今度はアレゼルがこちらへとやって来た。普通にデリスと呼ばない時、こいつは良からぬ事を考えている事が多い。土に、金の匂いを嗅ぎ付けた時だ。

「可愛(かわい)い弟子達の身の安全が必要なんやろ？　ふふっ。ネルはきっと将来、スパルタママになるんやろな～。反動でデリスは、子供に対してだけは優しいパパになりそうやね。それでそれで、嫁がれる時はそれはもうボロ泣きして——」

「おい、話が脱線し過ぎだぞ」

　何で式の最中に、我が子が嫁ぐ事を心配せにゃならんのか。いや、しかし、千奈津の教育方針から考えると、確かにネルはスパルタママになる可能性が……まだ見ぬ我が子よ、強く生きろ。

「あ、つい癖でな。ついついいらん事まで口走ってしまうんや」

「商人として失格だろ、その癖。さっきも同じような台詞言ってたし……で、何を提案しに来たんだ？」

「そうそう、弟子についてやったな。どうせデリスの事だから、あの2人に逆らう度胸はなくて、事前の仕込みで何とか乗り切ろうとしてんやろ？」

「うっ……！」

　図星である。

「ならマリアはんの国へ行く前に、クワイテットの本社があるあたしんところにきぃや。どんな地獄からも生き残る術を伝授したるで？」

「……でも、お高いんでしょう？」

「ったり前やん！　と、言いたいところやけど、今回の結婚式で結構な額を納めてもらっとるからな。特別価格に割り引いて、あたし自ら提供したる。あの子ら将来良いカモ……

お客さんになってくれそうやし」

「今カモって言い掛けなかったか?」

見るからに胡散臭い口上だ。だが生き残る事にかけては、アレゼルの下で学ぶのが手っ取り早いのもまた事実。アレゼルはマリアのような再生力がある訳でも、ネルのような回復力がある訳でもない。あのランキングを見ても分かるように、数値的な体の脆さはフンドにも劣るくらいだ。だというのに、こいつが死にそうになっているところを俺は見た事がない。どんな死地に向かおうとも、気が付けばケロッとした様子で現れ、そこにいる。状況の見極めが上手いというか、狡賢く生きているというか……兎に角、殺しても死なないような奴なのだ。

「嘘言うなや。あたし、デリスほど腹黒くはないつもりやで?」

「心を読むな、心を。そしてお前こそ嘘をつくな。現役の時、俺はお前よりも絶対苦労してた」

「何言うとんのや。スクロールの買い過ぎで金に困った時、デリスに融通したのは誰だと思ってんの?」

「その後になって、旅の資金にお前が手を出してた事も判明してんじゃねぇか。資金繰り担当だった俺の計算と合わなかったから、おかしいと思ったんだよ」

「そもそも、自分の娯楽にしか金を出さないデリスが悪いねん。ネルかてもっとおめかししたかった筈や」

「手を出した金を、賭博場で摩った奴の台詞じゃないな」

「ちゃう！　そこであたしはマネジメントを学んだんや！　それに、その後でちゃーんと勝ったから、デリスに金を融通できたんやろ」

「だから、そもそもお前が資金を無駄に使わなければ、それで済んだ話だっ！」

「うっさいボケェ！　年頃の乙女に節制させたデリスが悪い！」

と、こんな感じで口の悪さも俺に負けない。互いに手の内を知った仲というのもあって、大八魔の中では最も敵対したくない相手だ。何だかんだで、こいつが経営する店はよく利用するしな。

「ちょっとー、こんなところで喧嘩してるの？　やん、妾怖いっ！」

「2人とも、少しは場を弁えなさいよ。式の最中なのよ？　くだらない喧嘩はこれが終わってから、私達の見えないところでやって頂戴」

「そうだそうだ～」

「「……」」

お前達が言うんかいっ！　不思議と、俺とアレゼルの心が通じ合った気がした。

「千奈津ちゃん、大丈夫？　顔色が悪いよ？」

「うん、大丈夫よ。気持ちを落ち着かせたら、大分楽になったから」

悠那（はるな）、千奈津、刀子の３人はデリス達の座る最も賑（にぎ）わいのある場所から離れ、適当なテーブル席に移動する。この頃には真っ青になっていた千奈津も比較的血色が良くなり、気を紛らわすようにしてモグモグと悠那の料理に手が出せるようになっていた。

「お前、ホント無理すんなよ？　病は気からって言ってな、千奈津は特にその気がある。婆（ばあ）ちゃんが言ってたから間違いない」

「うわ、刀子に慰められてしまった……」

「お前も悠那と同じで、何気に失礼だよな？」

柄にもなく千奈津が軽口を叩（たた）くのは、刀子が前よりも穏やかな性格になったという点が大きい。この場合の相手は悠那であるが、以前の刀子ならば、こんな些細（ささい）な事で勝負に発展していた。それが今は、涼しげな様子で受け流せる女子になっている。これは千奈津にとって、結構な驚きだった。

「ネル師匠がいない今だから聞くけど、悠那も刀子も本当にやる気なの？　マリアさ、いえ、マリーさんのところでの修行……」

「「当然っ！」」

「……」

一寸のずれもなく、2人は声を合わせて答えた。二重の意味で気が使えるようになった刀子(とうこ)も、やはり本質は悠那寄りのところにあるようだ。その返答を聞いて、千奈津の眉間にしわが寄る。

「ネル師匠とマリーさんの戦い、どう思った？」

「凄(すご)かった！」

「恐怖とか、戦いたくないとか、そういう感情は出てこなかった？」

「ワクワクした！」

「……（ズン）」

「あっ、千奈津ちゃん!?」

「おい、どうしたっ!?」

千奈津、料理に向かって顔を突っ込み、あえなく撃沈。あらゆる危機を事前に察知する『加護』のスキルを持つ彼女にとって、あの戦いで感じた身の危険は度が過ぎるものだった。体感でいえば、通常の何倍も恐怖を感じていたんだろう。

あんな人類の範疇(はんちゅう)を超えた存在の下で、何をされるかも分からない修行をする。自らの師匠だけでも手一杯なのに、それはないだろうと匙(さじ)を投げたい気持ちで一杯だった。デリスの反応を見るだけでも、何となく事の重大さが察せられる。察せられるが、流石(さすが)にあのレベルの魔物が相手では、どうする事もできない。同志である筈の2人はこの調子だし、頼れる先は最早デリスしか残されていなかった。

「悠那、刀子。私に何かあったら、相談所の引継ぎを……あ、それは駄目だ……迂闊過ぎる……」

「ち、千奈津ちゃーん！」

こうして千奈津は医務室へと運ばれて行った。

◇　◇　◇

突如千奈津が倒れてしまうというトラブルがあったものの、それ以降は至って普通の披露宴となった。アレゼルとゼクスによる社長漫才、ヴァカラの種も仕掛けも魔法で済ませる手品ショー、フンドの肉体七変化など、どう見ても普通の人間にはできない事も交じっていたが、まあ俺とネルの関係者だしという事で、そこまで深くは突っ込まれなかった。ヨーゼフだけは何か言いたげな白い目で俺を凝視していた気がするが、今そこまで頭を回す余裕がないので無視を決め込む。そして、半ば試練と化した結婚式の全日程が終了した。

「頑張った、頑張ったよ俺……！」

「はいはい。見送りが終わるまで、その涙はとっておきなさい」

ネルよ、男らしい台詞(せりふ)をありがとう。俺の立場がないけどさ、それでも生きてるって素晴らしいよ！

「それじゃ2人とも、来る時は連絡をよこしてよね。ばいば〜い」

「さて、そろそろ魔王らしく、帰って戦線に立つとするかのう。新鮮なデュラハンも手に入った事じゃし、今から楽しみじゃわい！　ではな！」

「フゥーハッハッハ！　デリス殿、例の映像は後日お送りしますので！　某(それがし)の編集技術、とくとご覧あれっ！」

「出航パスを後で送っとくさかい。人数が決まったら、オーナーにでも言ってくれればオーケーやから。デリス、尻に敷かれるのもほどほどになぁ〜」

「改めて言っておくわ、おめでとう。でも、これで安心できるとは思わない事ね。女って生き物は、縛られるほど燃え上がるものなのだから！……じゃ、先に屋敷に帰ってるから」

「いやー、何だか今日は、思ったよりも踏んだり蹴ったりだったなぁ。でも、楽しかったから問題なしっ！　さっ、次のイベントが僕を待っているから、これで失礼するよ。またねっ！」

「本日はお招き頂き、真(まこと)に感謝の至り。素晴らしい披露宴であった。お2人が末永く――」

大八魔の面々も、思い思いの言葉を残してこの地を去って行った。本当に一人一人の個性が強過ぎて、一時はどうなる事かと右往左往したけれども、何とかなるもんだな。皆の協力に感謝したい。

「師匠、諸々の片付けは私達でやっておきますので、先にお屋敷にお戻りください」

「そうですわ！　全てはこのテレーゼ・バッテンにお任せあれ！」

「微力ながら……手伝います……」

「そうだぜ、千奈津の分は俺が働いておくからよ。その、帰ってやる事もあるんだろうし、な……」

君らの言葉はとてもありがたかった。但し刀子、そこで頬を染められると、何て返答すれば良いのか困ってしまうだろうが……！　いやまあ、やるけどさ。

「じゃ、お言葉に甘えて帰りましょうか」

◇　◇　◇

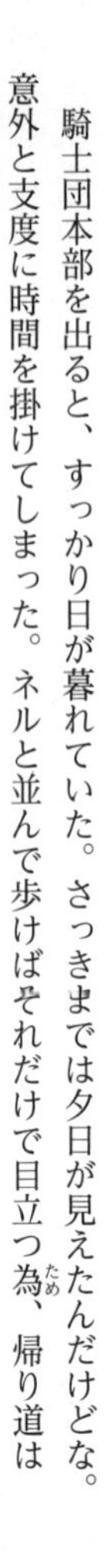

騎士団本部を出ると、すっかり日が暮れていた。さっきまでは夕日が見えたんだけどな。意外と支度に時間を掛けてしまった。ネルと並んで歩けばそれだけで目立つ為、帰り道は裏道中心だ。夜の街のこういった道は、スラムでなくても危険というのが相場である。ま、

ディアーナのスラム以外でそんな事をする輩は、隣を歩くネルのお蔭もあって、よっぽどの世間知らずくらいしかいないんだが。

「……ねえ、これで私達は夫婦なのよね？」

「ん？　ああ、そうなるな。お前と初めて出会った頃は、まさか結婚するなんて思ってもいなかったよ」

「あら、随分失礼ね？」

「お前な、その時お互いに何歳だと思ってんだ。ネルが10歳やそこらで、俺が10代後半だった頃だぞ……」

流石にその頃は恋愛感情なんてなくて、どちらかというと子守の感覚だった。何をするにしても後ろから付いて来るし、その度にアレゼルからは茶化されるし――その茶化しが現実になろうとは、若き日の俺が聞いたらどんな顔をするだろうか？　たぶん、暫く思考停止するだろうな。だが安心しろ、過去の俺。そこから段々と自分好みに育っていくから。酒の勢いで一線越えちゃうから。

「何か、最低な事を考えてない？」

「ハッハッハ、何でそうなるんだよ。全く意味が分からんぞ？」

そして、ハル以上に勘も鋭くなっていくから気を付けろ。

「まあ、この世界の常識を一切知らない自称異世界出身の若造と、野生で逞しく育った少女の出会いだったからな。前例がなさ過ぎて、予想もできんわ」

「そんな常識に囚われ過ぎるのが、デリスの悪いところね」

「そうか？　俺、普通よりは破天荒な人生を歩んでるつもりだけど？」

「私から言わせれば、まだまだ序の口よ。それにしても懐かしいわね、その名前。昔のパーティ名じゃない」

む、パーティ名なんて意図しないで、会話の流れで『破天荒』と口走ってしまった。それにしても、マジで懐かしいな。

「……あの頃、デリスは私を子供としか見ていなかったかもしれないけれど、私は初めから貴方の事が好きだったのよ？」

「な、何だよ、急に？」

「どれだけこの日を待っていたのか、デリスにも教えておこうと思ってね。一目惚れだったのよ。この十数年、本当に長かったわ」

ネルは裏道の家屋の間から夜空を見上げた。今日は星々がよく見える。

「一目惚れだったんなら、出会い頭に俺の手に噛み付かないでほしかったんだが……」

「て、照れ隠しよ、照れ隠し！」

「照れ隠しで突然指を千切られそうになる、涙目だった俺の身にもなってくれ」

「むう……」

と、ちょっとした意地悪をする俺も、実は照れ隠しだったりする。そんなにしおらしくなって頰を染められると、いつもとのギャップで心臓を撃ち抜かれてしまうではないか。

「デリス」

「ん？」

「私って、そんなに厳しいかしら？」

「……俺に対してか？」

「チナツに対して！」

結婚を機にもう少しデレてくれるのかと思ったんだが、夫じゃなくてお弟子さんの方でしたか……今日の後半でぶっ倒れてたもんな、千奈津。俺は俺でどうフォローするかを考えていたけど、ネルにも思うところがあったようだ。

「今日の事を気にしてんのか？　スパルタ教育に定評のあるネルらしくないな」

「私だって心配はするわよ、失礼ね！　だって、私達の始まりってあの子達よりも環境が過酷だったじゃない。だから私、ああいう教え方しかできなくて……デリスみたいに限度は決めているつもりなのよ？　それでも、チナツは倒れちゃった。それで悩んでいるのよ、果たしてこのままで良いのかなって」

「お、おお……」

「ちょっと何よ、ポカンとして」

い、いや、そこまでネルが悩んでいた事に意表を突かれてしまって。たぶん、千奈津が聞いたら感動するレベルの衝撃。

「そこまで思っていたんならさ、もう少し加減してやったらどうだ？　あー、でも千奈津に負担を掛けていたのは、俺も同じか。あいつ、負担を掛ければ掛けるほど成長するからな。磨けばハルにも匹敵するくらい、悩んで解決してくれるもん」

「でしょう!?　デリスもそう思うでしょ!?　だから、分かっていながらも止められないのよ！」

　これぱっかりは同意せざるを得ない。千奈津はスキル構成的に、頭を悩ませ苦労する事で成長する典型なんだ。苦労する模範型なんだ。頑張れ千奈津、お前はそういう星の下に生まれたんだ。フォローはするよ、できるだけのフォローは。

「……マリアのところで鍛錬させるのはさ、ちょっと間を置こう。アレゼルのところで、ワンクッション挟むとか」

「えっ、アレゼルの……!?」

「何だよ、その微妙な顔」

「いえ、貴方もなかなか鬼畜だったと、今になって思い出したのよ。アレゼルはないわよ、アレゼルは」

「なっ!?　それを言うなら、マリアのところはもっとないだろ！　絶対ない！」

「ありますー。あるんだもーん」

「この野郎……今日は徹底的に泣かせてやるからなっ！」

「できるものならねっ！」

——修行48日目、終了。

——修行49日目。
昨夜の激戦を経てぶっ倒れるように眠り、いつもより遅めの時間に目覚める。窓の外を見れば日はすっかり昇っていた。その眩しさが俺に向かってニヤニヤと薄笑いを浮かべているように感じてしまって、ああ、まだ疲れが残っているんだなと実感。一方俺の隣では、ネルが可愛らしい寝息を立ててまだ眠っていた。
今日は急ぎの用事がなかったからか、それともハルや千奈津が気を回してくれたのか、誰かが起こしに来る気配はなかった。流石にこんだけ寝た後に二度寝はできない。よって、俺はネルの寝顔を見ながら、ぼーっと横になってる事にした。ここ最近溜めに溜めたストレス解消である。時々頬を突っついたり、黄金色の髪をサラサラと弄ったり。
触り慣れた柔肌はそれでも尚、俺を頬へと指先を導く。見ているだけで幸せになれる綺麗(れい)な髪の毛は、直(じか)に触ると更に幸福に——

「……何してんのよ？」

「嫁を堪能していた」

降伏、降伏するから突っつき返すの止(や)めて！　まだ髭剃(ひげそ)ってないから、そんなに手触りが良いものでもないでしょ！　ああっ、髪をくしゃくしゃするなぁ！

クッ！　やはり、鋭過ぎるというのも考えものだな。世界で最も気を許すべき夫の前でくらい、無防備に眠れば良いものの。一度や二度の癒しで、それが中断されてしまうとは……これもかつて、命を懸けたサバイバルで培った賜物(たまもの)か。

「うーんんっ……！　何だか、久しぶりに熟睡できた気がするわ。気分もスッキリしているし」

「そりゃあ昨日、あんだけ加減なしの火力をぶっ放したらスッキリするだろ。連戦に次ぐ連戦だったから、疲れでよく眠れたと思うし」

——ヒュン。

ポフンと、俺の顔にネルが使っていた枕がぶつかる。痛くはないけど、予備動作なしの目にも留まらぬ速さで投じられたから、少し驚く。更には良い匂いもして、尚更(なおさら)動揺を誘われる。

「な、何だよ？」

「次は勝つからね」

「……どっちの話なんだか、具体的に言ってくれないと分からないな。マリアとの試合か？　帰り道の口論の事か？　それとも、夜の――」

その瞬間、眼前に烈火の炎が灯った。俺は悟ったよ。照れ隠しにも限度ってものがあるんだって。ああ、今日もネルの機嫌は最高に良さそうだ。

――ズドガァ――――ン！

いつぞやの爆発が、ネルの屋敷全体に轟音を響き渡らせる。特注で特別な頑強さを誇るこの屋敷だからこそ耐えられるのであって、普通の家屋であれば一瞬で倒壊するほどのものだった。

「あらぁ～。ネル様ったら、朝から元気ねぇ」

「何て言ったたって、今日が新婚生活の記念すべき1日目でしょ？　それはもう猛るってものよ！」

デリスが来てからというもの、こういった爆発は頻繁に起こるようになっていた。最初こそ驚いていた使用人達も、今や順応してしまって朝を知らせる鐘の音程度にしか考えていない。

「ネル様に仕えていたら、細かい事なんて気にならないものね～」

「うふふ。たとえ黒焦げ状態のデリス様が廊下に放置されてても、今なら冷静に対処できるようになったわ！」

「奇遇ね、私もよ！」

――だ、そうだ。この屋敷で働くだけあって、元々屈強な精神を持っていたのだろう。ここで働けるのなら、大抵の仕事場でやっていける。彼女らも、実はそんな猛者であったりするのだ。

そして使用人達に聞こえたこの爆発音は、当然悠那達のところにも届いていた。

「師匠達、起きたみたいだね」

「そうね。今日も朝から、デリスさんは何かやらかした、と」

爆発が轟いた際、悠那と千奈津は自室で朝の勉強時間中だった。昨日帰る間際にデリスから渡された大八魔情報㊙本で、大八魔達のあんな事やこんな事を学んでいたのだ。そこには前任の者達の情報まで記載されており、割と貴重な代物なのではと、千奈津が慎重に取り扱っている。

「本当に仲が良いよね！　あの爆発音を耳にすると、私の方が恥ずかしくなっちゃうくらいだもん」

「……たまに私の感受性の方がズレてるのかなって、酷く思い悩む事があるのよね。他の人達もあっけらかんとしてるし……」

「へ？　何の話？」

「ううん、何でもないの」

　どうもこの屋敷の中では、爆発＝2人がいちゃいちゃしている、という千奈津以外の共通意識が広まっているようだ。そんな認識の齟齬に、ちょっと疎外感を抱いてしまう千奈津。まあ、爆発後のネルは憑き物が落ちたようにスッキリとした顔をしているので、あながち間違っていないとは、少しだけ思っているのだが。

「千奈津ちゃん、やっぱり昨日の疲れが残っているんじゃない？　あれから直ぐに目を覚まして安心したけど、やっぱり本調子じゃなさそうだし……」

「大丈夫、じゃなかったから倒れたのよね……心配掛けちゃってごめんね、悠那」

「刀子ちゃんも心配してたんだよ？　やっぱりお婆ちゃんは正しかった！　とか言って」

「そ、そうなの……？」

　式の片付けの後、悠那と刀子は千奈津のお見舞いに行っていた。その時、千奈津はまだ眠ったままだったのだが、刀子が気を活性化させる術を使ったお蔭で、以降顔色が良くなったそうなのだ。刀子は師匠であるリリィとの反省会があったらしく、目が覚める前に帰ってしまい、千奈津と直接話す事はできなかったという訳だ。

「気を活性化させるって……刀子も色々できるようになったって事かしらね。それじゃ、後でお礼を言っておかないと」

「暫くはディアーナの街で過ごすらしいから、運が良ければ今日にでも会えると思うよ。もしかすれば、リリィさんが熟睡している実家の方に来てるかも」

「……リリィさん、また元に戻っちゃったのね」

式当日を大八魔のパーフェクトリリィとして演技ったリリィヴィアは、駄メイドリリィとして怠惰に寝ているようだ。

千奈津がどのタイミングで刀子を捜しに行こうかと考えていると、突如として『加護』による警報が発動する。ビクリと身を震わせた千奈津は、瞬時に立ち上がって扉の方へと向き直った。

「千奈津ちゃん？」

「予想よりもかなり早い……！　悠那、どうやら試練の時が来たみたいよ」

「試練っ！」

その言葉を偉く気に入ったのか、悠那はぴょんと飛び跳ね、千奈津と同じように扉に向かって構えを取る。嬉々として試練を受け入れる悠那に苦笑いを一瞬浮かべるも、間もなく来るであろうその試練に、千奈津は真剣な顔つきで臨んだ。

――ガチャリ。

扉のドアノブが回る。次いでギギィとドアが開かれると、焦げ臭いニオイが少しだけ鼻についた。

「いたいた。2人とも、体調は万全？」

「あ、ネルさん……と、師匠？」

姿を現したのは、妙にスッキリとした表情のネルだった。そしてその手には、首根っこを摑まれ引きずられる焦げたデリスが。このニオイの発生源はどう見てもデリスで、どう見てもネルの夫は万全の状態ではなかった。

「特にチナツ、貴女は嘘偽りなく答えなさいね。無理は駄目よ？」

「っ！！？？」

刹那、千奈津は酷く困惑してしまう。ネルに体調を心配された。これは何かの罠なのか、もしや試されているのか？　そんな思考ばかりが堂々巡りし、刀子に心配された時以上の衝撃が、彼女の全身に襲い掛かったのだ。

（もしや、私は今日死ぬのでは……？）

千奈津の苦悩は続く。

「なあ、朝から何で呼び出されたんだ、俺？」

俺の実家にてリリィヴィアの世話をしていた刀子は、ハルに運ばれて屋敷の修練場へと連れて来られていた。半強制である。

「さあね。でもネル師匠の命令だったし、拒否権はないわよ？」

「別に拒否はしねぇけどよ、リリィ師匠の着替えがまだ途中だったんだよ。有無を言わさず悠那に運ばれて来たから、今半裸状態でベッドに寝てるんだぜ？　うちの師匠」

「えっと、ごめんね？　ネルさんが至急って喋（しゃべ）ってたから、こう、ズダダダッと運んじゃって」

ああ、ハルと千奈津が刀子を捜しに行ったと思ったら、直ぐに戻って来たからな。少しは休憩できるかもという、俺の浅はかな考えは見事に打ち砕かれた。リリィに関しては……まあ、いつもそんな感じだし、問題ないだろう。

「……デリスさん、大丈夫ですか？」

「何とかな。ま、いつもの事だし、もう慣れたよ。燃やされ慣れた」

あれから首根っこを解放された俺は、妻と共にハルが用意してくれた朝飯を食べる事で、恐るべき速さで回復できた。流石に衣服までは修復されなかったが、俺自身は元気に生きています、はい。

「そういや、デリスの旦那は何で焦げていたんだ？　早速喧嘩（けんか）か？」

う、うーん。何事にも限度があるって事を、見誤ったつうか……しかし、ここ最近の使用人達の生温かい目は一体何なんだろうか？　ネルに燃やされた日に限って、そういった視線を向けられる事が多い気がする。たまたまか？

「違うよー。あんなに仲の良い2人が、喧嘩なんてする筈ないよ！」

「ははっ、そうだったな！」

「ねっ、師匠？」

「……ソウダネ」

一方的に燃やされるのは、喧嘩とは言わないもんね。

「俺の事は置いといて……そんな事よりも、今は自分達を心配をした方が良いぞ。何といっても、これからやるのはリベンジマッチなんだからな」

「「「リベンジマッチ？」」」

声を揃える三人娘。

「昨日のうちにネルに話を付けておいたんだよ。いきなりマリアを修行相手にするのは無謀、せめてその前に、お前らをステップアップできるような鍛錬を挟むべきだってな」

「デリスさんっ……！」

そう言って、千奈津が涙を浮かべながらひしっ！　と、腕にしがみ付いてきた。待て待て、気持ちは分からんでもないけど、刀子が羨ましそうにしてるから。それにネルに見つかったら、また燃やされてしまうから。

「ええと、それが今日のリベンジマッチと関係しているんですか？」

「そうだ。お前達とは馴染みのある相手になる」

「旦那、それってまさか――」

「――ええ、そのまさかよ！」

声に皆が振り返る。鍛錬場の最奥にあるは、かつて刀子が蹴り壊した鉄扉。すっかり修理されたその扉がバンと開けられ、中から登場したはもちろんネルだった。そして、そんな彼女の後ろをズルズルと付いて歩くのは、大八魔の前六席『伏魔殿母』のアラルカル。ウェディングドレスを守護していた番人、ネルの練習相手を務めていた大魔王級のモンスターだ。

「ネルさんと……あの時の！」

「あー、何となくそんな気がしてたぜ。俺が馬鹿やっちまった時の、クソ強いスライムだよな。リリィ師匠のお蔭ですげぇ頭に残ってる。悪い意味でだけど」

「なるほど、だからこの面子で……リベンジマッチ、確かにそうですね」

「理解したようね。リリィから話は聞いてるわ。何でもこの鉄扉をぶっ飛ばして、アラルカルを呼び出しちゃったんですって？」

「う……！」

刀子が居心地悪そうに、ハルの後ろへと隠れた。あれからリリィにこっぴどく絞られたみたいだし、やっぱ後ろめたい気持ちと、トラウマになってる部分があるんだろう。

「それでフェーズ1をクリアしたんですって？　やるじゃない！　撫でてあげるわ！（ワシワシ）」

「ネ、ネルさん、撫でる力で頭がシャッフルされてぇ～～～!?」

「師匠が、褒めたっ……!?」

「あ、あれっ？　怒らないのか？」

思いもよらぬネルの称賛に、３人は別々の衝撃を受けたようだ。頭を荒く撫でられるハルは直接脳に、千奈津は信じられないと呆気に取られ、刀子は安堵しつつも面食らっている。

「ネル、今度褒め方を練習しような。そろそろ撫でる手を止めないと、ハルが気絶するぞ」

「あらっ？」

「だ、だだ、大丈夫で、ですよー」

大丈夫じゃねぇよ、フラフラじゃねぇか。首がぐわんぐわんいってたぞ。回復魔法をネルと入れ違いで施してやる。

「ふぁ～……あ、ありがとうございます！」

「よし、シャキッとしたな。ハルだって女の子なんだ。頭はもっと繊細に扱ってやれ」

「むう、悠那ならこのくらいの力でいけると思ったのだけれど」

負担を軽くしようとする努力は認めるんだが、その努力で更なる負担を掛けてしまっては、ハル達も堪ったもんじゃないぞ。こりゃあ弟子を褒めるにしても、暫くは俺の付き添いが必須になりそうだ。

「コホン！　フェーズ1をチナツ達がクリアして、フェーズ2はリリィヴィアが代わりにクリアしたと聞いているわ。それで間違いないかしら？」

「はい。フェーズ2の攻撃を受けるには、私達はまだ未熟でしたので」

「俺なんて、全然何が起こってんのか理解できなかったぜ？……本当に何があったんだっけ？　そこだけ記憶が曖昧なんだよなぁ」

「えっとね、リリィ先輩に担がれてこう、ギュンギュンと」

ハルが高速ジャブの素振りをしてみせた。その喩えはよく分からないと思う。

「総括すると、千奈津が言う通り力不足だったたって事だ」

「そうね。以前の貴女達じゃ3人で力を合わせたとしても、フェーズ1を乗り切るのがギリギリだった。でも、今は違うでしょ？」

ネルがアラルカルのスライム体に向かって手を突っ込み、コア部分を鷲掴みにする。その瞬間にアラルカルの体は急速に膨張し始め、あっという間に鍛錬場の天井付近まで届くでかさとなった。そんな状態になっても、ネルはコアを摑んだまま平然とアラルカルの体に腰掛けている。

「さあ、これからやるべき事が理解できたかしら？　私がこのコアを手放した瞬間、フェーズ2がスタートする。ゴールは3人の誰かが再びコアに触れる事よ」

「ほ、本気なんですか、ネル師匠？」

「本気も本気よ。パーティ戦でフンドと引き分けた実力があるのなら、アラルカルの分身体くらいは訳ないでしょ。本領発揮してた時のこいつ、コアがもっと沢山あって何十倍も厄介だったのよ？　あれに比べれば、余裕余裕余裕～」

　手をひらひらと扇ぐネルは、ふざけているように軽い仕草だ。それでも、ネルが本気でそう思っている事を、3人は十分に理解しているだろう。目がマジであると語っているからだ。

「……俺からも少し補足しておこうか。実際、ハルと千奈津は大八魔の一角と戦う事で、刀子はリリィの下で気を使う事で、各々の戦力強化に成功している。次にステップアップする為の相手として、アラルカルの分身体は最適な相手なんだ。こいつのフェーズ3どころか2もクリアできないようじゃ、恥ずかしくてアレゼルのところにも出せないかな」

「「「……」」」

　うん、良い感じにピリッとイラッとしてくれたみたいだ。表情から不安が消えてる。

「準備、できたみたいね。コアから手を離すわよ、いい？」

「いつでもっ！」

「やれます！」

「こいやっ！」

「うん、良い返事ね！　じゃ、頑張って！」

　ネルがアラルカルのコアから手を離す。と同時に、アラルカルの巨体に明確な殺意が芽生えた。死ぬんじゃないぞ、お前ら。

　アラルカル分身体フェーズ2。フェーズ1が剣や槍などを模した原始的な攻撃方法だったとすれば、こちらは採掘機やパイルバンカー、チェーンソーを持ち出した近代的な武装攻撃だ。その質量もさることながら、フェーズ1と比べ攻撃手段も豊富と、攻撃を掻い潜る難易度は段違いとなっている。
　これらは彼女、アラルカルがまだ大八魔に在籍していた時代、現第五席のゼクス・イドの協力を得て編み出した技、というか、武装を真似て作り出した攻撃なんだそうだ。ゼクスの奴は今も昔も、第六席の大八魔と何かと縁があるらしい。

さっきネルが言ってた通り、アラルカルの全盛期時代、彼女のコアは計27個あった。戦力に換算すれば、単純計算で今の27倍の物量になるだろう。しかも、今の分身体のコアは予備のもので、本体だったコアは更に強力なものだったのだ。当時のネルが苦戦する筈だよな。

しかし、だからといって現在のアラルカルを軽んじては痛い目を見てしまう。物量こそは確かに減ったが、個体としての強さは何ら変わらないからだ。あの分身体だって、パワーはフンドと同程度かそれ以上。スライムの体を金属化して、本気で防御を固めた時の耐久性は、ハルのドッガン杖(じょう)でも傷一つ付けられないほど。リリィのように力尽くで破壊する事はできないだろうし、何らかの工夫が必要になってくる。さて、ハル達はどう戦うだろうか?

「私と刀子ちゃんが前に行くよっ!」

「おう!　千奈津は支援を頼む!」

「了解よ」

ハルと刀子が先頭を、千奈津がその背後に控える形で走り出し、コアへと向かった。下手にばらけず、一塊となって戦う事にしたのか。ハル達の接近を感知して、アラルカルも攻撃を開始する。

スライムの巨体から解き放たれる、何本もの触手達。それらは効率的に人を破壊する武装へと変形し、ハル達が駆けようとする前方に壁を形成する。一つ一つの武器が異なる形態の武器だ。対応を一つでも間違えれば、触れた腕ごともっていかれる威力を秘めている。

「はぁっ！」

「だぁらっ！」

ハルがドッガン杖越しに合気を使い、迫り来る武具の威力をそのまま押し返せば、刀子は昨日のサプライズバトルで見せた気を両腕に纏わせ、防御力を無視する会心の一撃を叩き込む。以前であれば圧倒されるだけだったアラルカルの猛攻を、2人掛かりで僅かながら押し返せるまでになっていた。こんな凶器の嵐に対して狂喜している2人は、とんだ変態さんだな。心と体で楽しんでいやがる。

そして前衛の2人以上に仕事をしているのが、我らが千奈津神だ。本来は自分や味方を護る用途で使用する障壁魔法、ハードリフレクト。以前はこれを床の代わりにして、疑似的に千奈津が宙を蹴っていたのは記憶に新しい。

この魔法を使った今回の手法は、これまでとはまた異なっていた。障壁のサイズを邪魔にならぬようコンパクトに、更には形を矢印や番号に変える事で、ハルと刀子の視界に危険駆除の優先順位を知らせるナビを形成していたのだ。障壁をナビ代わりにするってどんな発想だよと驚く一方で、千奈津の頭の回転の速さ、繊細な魔法捌き、誰よりも危険を感知する彼女の体質を全て利用した、見事な手であると感嘆してしまう。

ハルと刀子が冷静にアラルカルの攻撃を処理できるのは、千奈津の支援があってこそ。逆に、千奈津が冷静にアラルカルの攻撃を見極められるのは、前線の2人がきっちりと壁を食い止めているからこそだろう。とても急拵えとは思えない、良いチームワークである。この息の合った3人であれば、アラルカル分身体と対等に渡り合えるかもしれない。

「デリス、顔がにやけてるわよ？」

「弟子の成長を実感してるとこなんだ。今くらい許せよ」

「もう、本当に甘いんだから……」

うーん。何もこんなところでまで、態度をツンツンさせなくても良いと思うんだけどな……よし、俺が代わりにお前の弟子を褒め称えてやろう。流石だ、流石だぞ千奈津神！お前は正に今、皆の御旗だ！

……と、テンション高めに称讃したものの、頑張る君の姿を見て、少しばかり気になる点が生じてしまった。気が付いてしまった。二度見までした。

「なあ、ネル」

「何よ？」

「そういやさ、千奈津に結婚式で使っていたプルート、返してやったか？　あいつ、炎魔剣じゃなくて代用の剣を持ってるように見えるんだけど……」

「えっ？」

そう、千奈津が腰に差している剣が、いつもと違うんだ。木刀じゃなくて、騎士団の連中が帯剣しているような普通の剣なのだ。そして、ネルが腰に下げている剣を注視してみると、俺の見慣れたネルの愛剣、プルートがそこにある。これはどういう事か？

「……あっ！」

いや、あっじゃなくて。あんな支給品の剣なんか、アラルカルの攻撃でバッキリ砕ける。つまりだ、千奈津は今、殆ど丸腰みたいな状態なんだ。

「投げろ！　早くそれを千奈津に投げるんだ！」

「い、今これを投げたらチナツ達の邪魔になっちゃうじゃない！　し、仕方ないわ、一旦中断して――」

「――大丈夫ですっ！」

俺ら師匠ズがあたふたしていると、アラルカルの猛攻の最中にいる千奈津がそう叫んだ。

「大丈夫です、ネル師匠！　私は今まで、師匠の剣に頼り過ぎていました！　だから、プルートは使わない！　師匠はそこまで考慮して、プルートをそのまま持っていたんですよね……！　大丈夫。プルートがなくとも私は、いえ、私達はやれます！」

「「……」」

さ、流石は千奈津。師匠のミスまでカバーしやがった。ついでに恩も着せやがった……！　自分のミスが原因なだけに、そう言い切られてはネルがこれ以上反論する事はできない。恐らく千奈津は、始まる前からプルートについて知っていたんだろう。

しかし、正直微妙なところだな。あいつらがこの戦いを大団円で終わらせるには、プルートなしというハンデを背負った上でフェーズ2をクリアする必要がある。覚悟は誰もが認めるところ、実力も伴っているが……これでやり遂げたら、何かしらのご褒美でもやらないと、割に合わないよなぁ。

「ネル、あの状態でクリアできたらどうする？　めっちゃ褒めるのは抜きな。それ、ただ単に千奈津の負担になるし」

「わ、分かってるわよ。ええと……プルートじゃなくて、ちゃんとした剣をチナツに贈る。で、どうかしら……？」

「良いんじゃないか？　いつまでもお前の剣を使わせる訳にもいかないし、大八魔の相手をさせるなら、それ相応の装備を準備しなければならなくなる。時期的にもちょうど良いと思うぞ」

「……少し、大盤振る舞いしましょうか」

これまで大陸中を遠征という名目で駆け巡り、凶悪なモンスターを討伐し続けてきたネルの事だ。希少な鉱石や素材を、いくつかは所持しているだろう。刀子については後でリリィに口添えしておくとして、ハルは――っと、もうあいつら、アラルカルの目の前じゃん。

「お、らぁっ！」

「本体が近いとっ！　攻撃も激しいねっ！」

「その本体が一番厄介よ。あんな分厚い体の中心にコアがある。コアを護ろうと防御を固めれば、きっとあれ全部が金属の塊になるわ。ぶっつけ本番になっちゃうけど、２人ともできそう？」

「刀子ちゃん次第っ！」

「はっ、上等っ！」

ここでも千奈津の入れ知恵、肉体労働専門職の２人もやる気だ。さて、どうなる？

◇　◇　◇

「「だぁっ！」」

合気と気功による一斉反射。アラルカルの作り出した武具の数々、形成していた筈の壁が一気に崩される。壁を越えて駆けた先、そこに残るはアラルカルの本体のみだ。

「悠那、体力的にも次で決めるぞ！　きついっ！」

「うん！　刀子ちゃん、ミスしないでねっ！」

「そいつは俺の台詞だ！」

アラルカルの攻撃全てを弾いた今こそが、反撃の好機。ハル達はそう考えているんだろう。だが、彼女が解き放った攻撃はまだ残っている。

それは突如、真上から降って来た。アラルカル本体の天辺、そこから天井に接し、伝い、伸ばしていた薄いスライムの膜。そいつをこのタイミングで急速に膨れ上がらせた、巨大なハンマーだ。いや、ハンマーなんて可愛らしいものじゃないな。そんな範疇は疾うに超えている。喩えるなら、そう、問答無用で全てをぶっ潰す超大なプレス機だ。アラルカルは3人を一纏めにして圧殺する為に、あのプレス機による罠を張っていた。

「――っ！　アルマディバインブレス！」

逸早くその罠に対して動けたのは、周囲の警戒に徹していた千奈津。瞬時に自身に光の鎧を付与し、障壁を幾重にも重ねて避けようのない圧殺攻撃に立ち向かった。

「千奈津ちゃん！」

「千奈津っ!?」

先頭になって走っていたハル達もその事に気付き、咄嗟に足を止めて振り返ってしまう。振り返った先では、先に足を止めていた千奈津がやや距離を空けてそこに立っていた。もちろん、ただ立っていただけではない。千奈津は両足を重さに耐えられなくなって床に沈めかけながら、必死になって堪えていたのだ。真上に向かって張られる結界は、降って来たアラルカルの攻撃、その全てをカバーするよう広く展開され、それだけで彼女に凄まじい負担を加えている事が分かった。体の駆動部全てを軋ませて、千奈津は苦痛に顔を歪めていた。それでも彼女は決死の覚悟で口を開き、こう言い切る。

「私の、事は……気にしないでっ！」

「うん！」

「分かった！」

――ギュン！

千奈津の言葉通り、2人は直ぐさまに反転してアラルカル本体へと向かって行った。迷う様子など微塵もなく、あっさりと。

「……」

うん。千奈津の何とも言えないその表情、気持ちは十分に理解できるよ。戦闘中の決断としては満点な行動をしたハル達なんだけど、ああも迷いなく出発されると、何とも言えない気持ちになっちゃうよね。ハルと刀子のあまりの呑み込みの早さに、切り替えが早え……なんて、そんな気持ちになっちゃうんだよね。ただまあ、今はそれくらい信頼されているんだと考え直して、アラルカルの攻撃に耐えてほしい。跳ね返すでもなく弾くでもなく、千奈津がそこでアラルカルの体の大部分を使った攻撃に対抗する事で、本体の護りはその分疎かになるのだから。

「悠那！　千奈津の犠牲は無駄にできないぞっ！」

「そうだねっ！　本当にそうなる前に、私達でけりを付けなきゃ！」

そんな千奈津にとって少しばかりショックな会話の後、並んで前方を駆けていたハル達の構えに変化が起こった。ドッガン杖を下段背後に構えるハルが前に、背後に突き出されたドッガン杖に寄り添うようにして、刀子がハルの後ろを走るような陣形になったのだ。

「上手くいくか、分からないんじゃねぇ。ぜってぇ、上手く、やるっ！」

「ケロウクライ！」

禍々しい暗黒と、周囲を照らさんばかりの生命エネルギー。ハルの魔法、そして刀子の気が、ドッガン杖に集約されていく。

「おお……！」

「へえ！　2人が別々に攻撃を放つんじゃなくて、力を合体させ、一発に全てを懸ける事にしたのね！　面白い発想！」

ネルが大変歓喜している。高火力が大好きなネル好みの戦法だもんな。かく言う俺も、かなり感心させられた。

ドッガン杖の特性上、魔力を使う類の強化支援は方法が限られる。ハルが自分の魔法で強化を施す分には問題ないのだが、ドッガン杖に他人の魔力を弾く性質がある以上、同じパーティの仲間であっても、あの得物を強化するのは至難の業だ。ああ、ウィーレルがフンドとの戦いの際に一度やっていたかかな。彼女ほどの術者が、持ち得るＭＰの大半を使って数秒付与し切れるかどうか……そのくらい難しい。

　一方で刀子の気功を用いたあの方法は、その制限を難なくクリアできるものなのだ。刀子の力は自身の生命エネルギーを変換したもの（だと推測）。魔法ではないから、理論上ドッガン杖への付与も可能。実際のところは、刀子の言葉を聞く限りでもこれは初めての試みで、そこまで簡単な話でもないんだろう。

　だが、もしこれが仮に成功できるとすれば、ハルは一時的に刀子の力を得る事になる。昨日のサプライズバトルで披露した刀子の気弾、あの飛び道具にも彼女の『ベルセルク』の力はしっかりと備わっていた。だとすれば、刀子の力を借りたドッガン杖は——防御貫通、重力増強、最強最大の一撃が繰り出せる。

「確かに面白い！」

　ネルに続いて、俺も深く頷いた。敵対するアラルカルは、既に万全の防御を固めている。千奈津がかなりの体積を引き受けている為、防御に回す分は大分減っているが、それでも堅牢な護りだ。ハル達が単体で挑んだのならば、まず破る事は不可能なレベルの護りである。

「グラヴィトン……！」

　ハルが最後の魔法をドッガン杖に付与させた。あいつがアラルカルに辿り着くまでに付与した魔法は全部で2つ、最初に闇黒魔法レベル10『ケロウクライ』、そして今唱えた闇黒魔法レベル50の『グラヴィトン』だ。

一つ目のケロウクライは、触れた対象を腐食させる恐怖の魔法。人間相手にはあまり使いたくないものだが、金属と化している今のアラルカルにはある程度の効果が見込める。触れ続けるほどに侵食も進む為、ハマれば刀子の気と連動して、一気にアラルカルの体全体に攻撃が浸透するかもしれない。

2つ目のグラヴィトンは言わば、グラヴィの一極集中型の重力魔法。効果を作用させる点を限定する事で、これまで使っていた同系統魔法の何倍もの重力操作が可能になるというものだ。今回の指定範囲は、ドッガン杖の頭のてっぺんから足の先まで。ハルの技量ならば、あの凶器を振り放つその瞬間までを最軽量に、最高のタイミングで最重量に変化させられる。その威力は計り知れない。

「おっし、安定させた！　頼んだぞ、悠那！」

「うん、任されたっ！」

流石は自称ハルのライバル。これまで無駄にハルを意識しまくっていた経験は、ハルのペースに合わせながら気を付与する潤滑剤となったようだ。刀子の手から気が離れても、がっしりとドッガン杖に留まっているように見える。

備えるべきこれら全ての要素をドッガン杖へ詰め込み、ハルは大きく飛翔した。これが最後の抵抗なのか、アラルカルの体から再び武具が飛び出す。

「邪魔すんなぁっ！」

　すかさず、刀子が気弾を連射して応戦。ハルを捉えようとしていた近代兵器の数々は、次々と撃墜されていった。

「こ、れ、で……どうだぁ――――！」

　凄まじい勢いで振り下ろされた漆黒の塊。それがアラルカルに触れた瞬間、聞こえる筈もない、何者かの悲鳴が聞こえたような気がした。

◇　◇　◇

「まさか、こんな事になるなんてな」

「す、すみません……」

　ハルの放った一撃により、アラルカルフェーズ2は3人が無事なまま終了した。うん、確かに終了はしたんだが、新たな問題もついでに発生した。ただ今ハル達は正座状態にある。

「んー、見事にコアが破損してるわね。これじゃフェーズ3への移行は無理」

「勢い余って、コアまでぶっ飛ばして破損させるとは。いやはや、恐れ入ったよ」

「「「ごめんなさい」」」

３人が力を合わせて編み出した、あのハルの一撃は強力だった。いや、強力過ぎた。それどころか個体としてのステータスは昔のままな筈のアラルカルの防御形態を打ち破り、それどころか最深部に安置されたコアに、大打撃を与えるに至ったのだ。

本来コアに触れられたアラルカルは、そのまま最終段階であるフェーズ３に移行する手筈だったんだが、こうなってしまっては最早続行は不可能。ネルが鉄扉から連れ出した際の小さなサイズに戻り、現在必死に自己修復をしているところである。

「別に正座なんてする必要ないって。俺達は怒ってなんかないよ。なあ、ネル？」

「ええ、それどころかちょっと感動しちゃったくらい」

「へえ、やっぱ感動してたのか。人の事を散々甘いだのと言ってたのに」

「うっ……！　ちょ、ちょっと、揚げ足を取らないでよ、もう！」

「ハッハッハ、冗談冗談」

「「「……」」」

隙あらばいちゃいちゃ。と、俺が満喫したところで総括する。３人とも、目のやり場に困ってるのか、視線が泳ぎ始めたしな。真面目にやろう。

「冗談はこの辺にして、本当に俺の予想以上の結果だったよ。千奈津の状況把握と支援は申し分なかったし、刀子はチームプレーを完璧にこなしていた。以前のお前らだったら、ほぼ考えられない成果だぞ。成長したな」

「そ、そうか？　へへっ……」

「刀子、口元がふにゃふにゃになってるわよ」

「はいはい！　師匠、私はどうでした!?」

「ハルはいつも通り何事にも全力だったな、よしよし」

「へへ～」

　にかっとハルが微笑み、ポニーテールが揺れる。冷静を装う千奈津や相変わらず顔を赤らめている刀子も、どうやら緊張がほぐれたようだ。

「特に最後のアラルカルを行動不能にした、合体攻撃は見事の一言だ。あれなら、たとえ相手がネルであったとしても、素手では迂闊に触れられないぞ」

「えっ、そんなにですか!?」

「そんなにだよ。謙遜とは、ハルにしては珍しいじゃないか」

「そうね、私でもちょっとじゃ済まないくらい辛いわ。まっ、私だったら受けには回らず、攻撃を出させる前にその攻撃ごと仕留めちゃうけれどね」

「そ、そうか……なあ、喩えの話だからな？　そんなにムキにならなくてもさ」

「ムキになんてなってない！」

　なってるじゃん……

「無我夢中でやったから自覚ねぇけど、そんな威力あったんだな、あれ」

「確かに、ドッガン杖から伝わってくる衝撃が凄かったかも……刀子ちゃん、もう1回！　もう1回やってみよ!?」

「今からかよ。もう俺、かなりクタクタなんだけど……自分以外に気を送るって、かなり神経使うんだよ……」

未だ元気に飛び跳ねているハルに呆れながら、刀子は女の子座りで鍛錬場の床に座ってしまった。うーむ、前は臆する事なく胡坐をかいていたのにな。これもリリィ式教育の賜物か。

「あのレベルの攻撃なら、中位までの大八魔には通用するかもな。もちろん、ダメージが通るかどうかって意味で、勝てるかどうかは別の話だ。その辺は勘違いしないように」

「はーい！」

「分かってるよ、デリスの旦那」

慢心せず、とても素直。大変よろしい。

「あと千奈津、プルートなしでよくあそこまで戦えたな。さっきも言ってたけど、ネルが感動してたぞ」

「恐縮です」

「そんなに固くならなくても良いわよ。上司として、そして師匠としても鼻が高いわ。そろそろ貴女には、自分に合った武器を持たせないとね。あくまでもプルートは、私の力に合わせて作らせた剣だもの」

「私に合った武器、ですか？」

「つっても、武器の造型はあまり変わらないと思うぞ。剣になる事は確かだろう。……いや、刀の方が千奈津向きか？」

　千奈津に刀を持たせたら、黒髪と相まってザ・女剣士って感じで映えるような気がする。ハルも黒髪ではあるけど、こいつの場合は、その――存在がモンクっぽい。

「あ、私もそれが良いと思います！　千奈津ちゃんに刀、格好良いです！　ねっ、千奈津ちゃん！」

「は、悠那（はるな）、落ち着いて……」

「刀って、ガルデバランの剣みたいに片刃の？　私は構わないけど、それならガルデバランに使いを出さないとならないわね」

「へー、刀ってこの世界にもあるのか。でもよ、かなり高価なもんなんじゃねぇのか、刀って？　専門外だから、俺もよく分からねぇけど」

「問題ないわ。お金と素材を渡して少しお願いすれば、気前良く受けてくれるでしょう」

「……ネル師匠、あまり無茶はしないでくださいね？」

「ふふっ♪」

　ネル、渾身（こんしん）の笑顔。ああ、お前が頼めば採算度外視でやってくれるだろうよ。誰しも、故郷を焼け野原にされたくはないからな。

「刀子の分の褒美も、後でリリィヴィアにお願いしておいてやるよ。パーフェクト状態のあいつなら、何か有意義なものを準備してくれるだろ」

「俺は旦那から貰った方が……ああ、いや、何でもない。立場は弁えねぇと」

「ハハハ……あー、ハルにはどうしたもんかな。今使っているドッガン杖はこれからの戦いにも通用する武器だし、俺秘蔵のスクロールも順次覚えさせてるし……」

うーむ、今更ハル用に買い揃える必要があるようなもん、なくね？

「あ、それなら久しぶりに組手をしてほしいです！　今の私、いつもより感覚が研ぎ澄まされているんで！」

「今組手なんかしたら、俺の方が冷や冷やもんな気がするんだが……まあ、ハルがそれを望むなら構わないけどさ。そろそろ両腕で相手してやるよ」

「おお、片腕からランクアップ！　よろしくお願いします！」

「……え？　旦那、今まで悠那を相手に片腕で組手してたのか!?」

「ブランク解消も兼ねてな。けど、流石にそろそろキツイわ」

刀子は驚いているようだが、お前だってネル式教育を受けた時、片腕どころかデコピンで気絶しただろうに。それに俺の場合は、技術面が圧倒的なまでにハルに負けているから、基本スペックで誤魔化し誤魔化し済ませているのだ。こんな師匠面全開な台詞を吐くのも、要は強がっているだけ。今更驚くような事は何もない。

「言っておくが、1ヶ月半の修行でここまで強くなるなんて、異常も異常なんだからな？」

「実際問題、よくここまで悠那の後に付いて来られたなと、自分でも不思議なくらいです」

「でもよ、いまいち自分の強さにピンと来てないんだよなー。また悠那に負けちまったし、晃に勝ったところで自慢にもなんねぇし」

そりゃあ、強くなる度に敵対する相手のレベルも上げているもの。晃に関しては、確かに残念な実力だった。死体はヴァカラに引き渡したんだっけ？　今頃どうなってる事やら。

「自分の強さねー……そんなもの、状況次第でガラリと変わるもんだ。たとえ相手の実力より勝っていたとしても、調子が最悪なら負けるかもしれない。汚い手を使われて人質を取られたり、罠に誘い込まれたりしたら、もっとやばいだろ？」

「師匠の得意戦法ですね！」

得意じゃないし。必要だからやってるだけだし。

「兎に角強さなんて曖昧なもん、気にし過ぎるなって事だよ。無駄に腹が減るだけだ」

「了解です、鍛錬に集中します！」

「よろしい」

……しかし、そういう意味じゃアレゼルのところでの鍛錬は、ハル達の為になるかもしれない。あいつはネルやマリアに次ぐスピードは有しているが、決して戦闘向きのステータスではないのだ。非力だし、魔法だって俺やネルに劣る。仮にさっきのハルと刀子の合体攻撃が直撃すれば、耐久値の低いアレゼルは一発で沈んでしまう可能性だってある。が、それでも俺は、元仲間だの屈指の商社だのといった話を抜きにしても、あいつとは絶対に戦いたくない。恐らく、これに関してはネルも同じ意見になると思う。あの守銭奴腹黒エルフの本性を知った時、ハル達はこれまでとは違った強さを学んでくれるだろう。だけど、うーん……

「アレゼルのところで、心が折れなきゃ良いが……」

「え、今更？」

◇　◇　◇

その後、ネルと千奈津は新たなる得物の手配をしに、刀子はリリィの世話の続きをする為に、それぞれの行先へと出発した。俺とハル？　俺らはほら、さっきの組手云々(うんぬん)の約束を果たさなきゃならんから、鍛錬場に居残りだ。できれば師匠の面目を潰さない為にも、ある程度は手加減してほしい。なんて願っても、ハルが手を抜くような行為をする筈(はず)がないか。さ、頑張って師匠面しなくては。

「よろしくお願いします！」

「ああ、よろしくな」

ハルとの組手は礼から始まる。別にそうしろと俺が言った訳ではない。ハルが自分から言い出して、何度かやってるうちに形式化してしまったんだ。仇には仇を、義には義を以って返すのがモットーの俺は、挨拶されれば普通に返す。

で、ここからがハルの怖いところだ。挨拶の為に下げた頭を上げた瞬間、可愛げのあった垂れ気味の目が、獲物を見定める狩人の目と変貌している。相手が強ければ強いほど、ハルは無言になって淡々と行動するようになるから、敵の心を掻き乱す戦法を得意とする俺としては、かなりやり辛い。この状態のハルは何をしても殆ど動揺しないし、それ以前に師匠として弟子にそんな戦法を取る訳にもいかないのだ。マジ辛い。

「今日はドッガン杖なしか？」

「はい、できるだけ同じ条件で戦いたいので」

ハルとの組手は主に2種類あり、ドッガン杖を用いた油断すると痛い目を見るタイプと、格闘戦を主体とした油断すると酷い目を見るタイプがある。え、どっちも同じじゃないかって？　ああ、そうだよ。どっちにしたって大変な事には変わりない。ここ最近はドッガン杖越しに合気なんて使ってきやがるし、素手だとしても型が無数にあるから先が読めないんだ。この素質の塊、昔のネルを思い起こすよ。

「では、いきます」

「おう、来いや」

ハルが初めに取った構えは、これまで結構な場で目にしてきたボクシングスタイル。トントンと地面を蹴りながら、軽快な足さばきでタイミングを計っているようだ。しかしながら、このまま単純にボクシングで向かって来るとは限らない。

——ギュン！

そう、こんな風に。あるタイミングで地に足を付けた瞬間、ハルは一気に前傾姿勢のまま最高速度となって突っ込んで来た。刀子と戦った時のようなタックルかと思えば、俺の頭部側面を狙った蹴りがかまされる。俺は上半身を後ろに引き、鼻先スレスレのところでこれを回避。うん、しっかりと重量と毒素をかさ増しするよう魔法を組み込んでいるな。殺意増し増しだ。

「げっ」

一難去ってまた一難。ハルの蹴りが俺の眼前を通り過ぎた直後、今度はもう片方の足が俺の脇腹に迫って来ていた。よくよくハルを見れば、逆立ちをするような姿勢で勢いよく回転している。何それ、カポエラ!?

ご丁寧にも、こちらの方には更に念入りな闇魔法が施されていた。俺が師匠面したいが為に宣言した組手の取り決め上、俺からは攻撃しない事になっている。よって、俺には避けるか防御するかの選択肢しかない。折角今回から両腕が使える事だし、受けてやるか。但し毒々しいプレッシャーを感じるから、触れる前にハルの毒を浄化して、と。

「惜しい」

「っ！」

ついでに、アホみたいに重くしてる蹴りも設定変更。重力操作は無効化して、逆に軽量化してやる。トンと想像以上に威力の出なかった蹴りと、自身のウェイトを勝手に変更された事実を目の当たりにして、ハルは逆立ちのまま一瞬眉をひそめた。が、直感的に俺が悪戯した事を悟ったんだろう。直ぐに作戦を変更して、今度は俺の足を腕で払いにきた。

逆立ちから勢いを殺さず、更にはあの連続攻撃から器用に次に繋げるもんだと感心する。そんな体勢で、しかもそんな細腕で足なんか払えるかと、普通は考えるところだろう。しかし、ハルには合気がある。どのような体勢からだろうと、体のどこで触れようと、それは即ち威力の反射に繋がると想定しておいた方が良い。要はハルの細腕でこのまま払われれば、俺は転倒してしまうのだ。

だが師匠として、そう簡単に転んでやる訳にはいかないぞ。未だに合気の原理は理解していないが、これだって万能という訳じゃないんだ。例えば、ハルの腕と俺の足が触れる瞬間、お互いの質量をでたらめに弄ってやる。俺は重さで床が軋むほどの重さに、ハルは両手両足を含む体の至るところの重さを、グラヴィトンの連発で増減させてあべこべに。

そうしたらあら不思議、ハルは合気を発動させる事ができなくなるのだ。

俺の足を払おうとしたハルの腕は、在り来たりな水平チョップとなり果てて、脛(すね)にビシッと当たった。う、ちょっと痛い……

「合気、発動しないなぁ？」

「……」

痛みに耐えた後に言い放った、俺の言葉の真意を理解したのか、ハルは後ろに飛び退(の)いた。

問答無用でぶっ飛ばす、その場に固定する——そんなファンタジー現象を引き起こす合気は本来、絶妙なタイミングだとか、互いの呼吸だとか、そういった要素を多く絡めた複雑な技なんだと俺は推測している。ハルという凄(すさ)まじい技量を持つ者が、スキルという武器を得て漸(よう)く成す事ができる、とんでもない妙技なんだ。

ならば、この合気を攻略するにはどうすれば良いか？　答えは単純、こちらからバランスを崩してやれば良いんだ。さっきみたいにタイミングやハルの重心をずらしてやったり、対象となる俺の体重を激変させたりと、兎に角ハルを撹乱(かくらん)する。それができれば、晴れてハルの合気を防ぐ事が可能となるのだ。フンドだって絶えず自分の体を変化させ続けていれば、あの戦いの中で対処法を見い出していただろう。

「これは闇魔法が使える俺ならではの対処法だけど、大八魔の連中だってその気になれば、戦いの最中で合気に対応してくる。合気だって万能じゃないから、使い過ぎは厳禁だ。特に、手の内を知られている相手にはな」

「勉強になります。もう一戦、良いですか？」

「一戦と言わず、お前が満足するまで付き合ってやるよ。ご褒美なんだから」

「ありがとうございます！」

それからもハルは変幻自在な総合格闘技で俺を翻弄し、何としてでも片膝をつかせようと奮闘した。一体何時間ぶっ通しでやっただろうか？　この子の成長は本当に凄まじいもので、手合わせをする度にドンドン俺がしんどくなってきている。が、倒される日は今日ではない。俺は無事、防衛を成功させた。

「あー、クッソ疲れた……お前さ、アラルカルとの戦闘後だってのに、最後の最後まで元気だったよな？　どんだけ底なしのスタミナなんだよ」

「ぜぇ、ぜぇ……！　あ、ありがとう、ございましたっ！」

「はい、お疲れさん」

床に大の字になって寝転びながら、ハルが終わりの挨拶をする。運動量でいえば、受けに徹していた俺よりも常時全開攻撃のハルの方が圧倒的に多い。こうなるのも当然である。

「うう、今日は調子良かった筈なのに、途中からすっごく不調になった気がします。理由は分かってますけど……」

「当たり前だろ。そうなるように、ちょいちょい俺が重力操作で悪戯してたからな。自然な動きはできなかっただろ？」

「はい、とっても……」

頻繁に重量が変わるあの中で万全の動きをするには、俺がしかけた魔法をハル自身で中和しなくてはならない。全身に神経を張り巡らせ、よりスムーズに、考えるよりも速く適応できるように……と、そんな攻防を繰り返しながら魔力の流れも肌で感じられる、ハル向きの素晴らしい組手であった。代償として俺も疲れたけどな！

「そろそろ夕飯の時間だ。寝たままだと、千奈津が呼びに来ちゃうぞ？」

「い、今起きます。ふぁ、ファイトー！」

「おお、マジで起き上がった……ああ、そうそう。近日中に別大陸へ一緒に出掛けるから、頭に入れておくように。ハルと千奈津、ついでに刀子も一緒だ」

「え？　あ、ふぁ～い……」

あ、駄目だ。ハルの電池が切れ掛かってる。夕飯でチャージさせた後に、もう一度言っておこう。

――修行49日目、終了。

第二章　白き村娘

——修行53日目。

本日は快晴なり、本日は快晴なり。今日は待ちに待った旅立ちの日だ。もっと言えば、アレゼルの待つ商人の街『ダマヤ』を目指す日である。俺とネルはハル（リュックの中にゴブ男）、千奈津、刀子の3人娘とすっかり駄メイドとなってしまったリリィヴィアを連れて、アレゼルが手配してくれた船がある発着場へと向かっているところだ。

「いやー、今日は清々しいまでに良い天気だなぁ。ピクニックと洒落込みたい気分だよ」

「デリス、本気で言ってる？」

「ううん、全然」

さっき快晴などと嘘っぱちを垂れ流したが、本日は雪が降りしきっている。いや、叩きつけている。ここはジバ大陸北方の大国『スノウテイル』へと向かう山中。鍛錬として考えれば運が良いのか、今日に限って素晴らしく天候が荒れている真っ最中だ。

「さ、寒い……！」

「千奈津ちゃん、もっと体を動かそう！　走りながらシャドーボクシング！」

「リ、リリィ師匠、流石に山登り中、ずっと背負うのは辛いっすよ……！」

「大丈夫だいじょーぶ。これも鍛錬だよー」

　如何に強くなったとはいえ、北国のこの手荒い歓迎にはハル達も辛い様子。特に刀子は、楽がしたいだけのリリィをおぶっているから、尚更大変だろう。しかし俺が背負うと言えば、ネルの鋭い視線が俺に突き刺さってしまう。頑張れ刀子、あと少しの辛抱だ。

「というかデリス、よりにもよって、何で集合場所がスノウテイルなのよ？　不便ってレベルじゃないんだけど？」

「仕方ないだろ、アレゼルがそう手配しちゃったんだから。何でも非公式の船を用意したそうでさ、人目を避ける為にそうしたんだと」

「別に非公式じゃなくても……はぁ、まあいいわ。今更だし、さっさと行きましょう」

　スノウテイルは険しい山々に囲まれた、極寒の地と称される天然の要塞国。そんな訳で隣国から訪れる者も、よっぽどでない限りは皆無に近く、色々と忍ぶには打って付けの場所なのだ。されど世界に名を轟かせる商社クワイテットは、こんな場所にまで進出を済ませている。恐るべし、クワイテット。

「ガウゥゥ……！」

　暴風豪雪に見舞われる雪山にて、獣の唸り声が響き渡る。おっと、食材発見。

「師匠ー。私の見間違いでなければ、道の先に白い狼の大群がいます」

「そりゃいるだろー。雪山なんだから、白狼の10匹や20匹は」

んー、この雪で奥が見えないけど、そっちにはまだまだいるかな？　この辺のご当地モンスター、遭難した冒険者殺しで有名なホワイトブリッツウルフ。ええっと、レベル3か4のモンスターだっけか？　集団であればグリフォンをも喰い殺す、なかなかやり手のモンスターだった筈だ。

「トーコちゃーん。私お腹減ったぁ～。ジューシーなお肉が食べたーい」

「え、リリィ師匠をおぶったまますか!?」

「リリィ、貴女ここ最近だらけ過ぎじゃない？　まともに歩いてる姿さえ見ないわよ？」

「オーバーワークが祟ったんですぅ。会合にママの襲来、結婚式で演じさせ過ぎなんですぅ」

「デリス、こいつ駄目よ。完全にお荷物よ」

「まあまあ、アレゼルに会う時は大八魔状態にならなきゃだし、今のうちに充電させておけって」

「いやん、ご主人様素敵！　抱いて！」

……やっぱ雪山に捨てるべきだろうか？

「師匠ー、もう片付いちゃいましたけどー」

「それなりの運動になりました」

ハルと千奈津が拳と刀に付着した血を拭い、もう素材解体作業に入っていた。ああ、特に解説する事もなく、ホワイトブリッツウルフの群れが全滅してしまった。俺がやり手だのと説明してたのが、馬鹿みたいじゃないか。

「狩りたて肉か……そうね。そろそろお昼時だし、ここで休憩しましょうか」

「この天候の中で、ですか？　あの、雪よけ用のテントの準備は――」

「いや、必要ないよ。ネル、頼んだ」

「はいはい。ホットライン、拡大」

ネルが紅炎魔法レベル40『ホットライン』を使用。その瞬間、ガチガチに凍ってしまいそうだった周りの空気が、春のような優しい暖かさに早変わり。喩えるなら、朝起きた際の布団の中みたいな。

「あれ？　ぬくぬくしてきた？」

「わあ、あったかーい！」

　この魔法は対象の周囲一帯を暖め、どのような環境であろうと任意の温度に上昇させる事ができるというものだ。実際のところ、ネルは既にこの魔法を使っていて、自分の周りにだけ薄ーく効果を及ぼし、適温状態で山登りをしていたりする。狡い。

「ああっ！　ネル、自分だけぬるま湯に浸かっていたわね！　狡い！」

「一歩も歩こうとしない貴女に、そんな事を言われる筋合いはないわよ。これ、それなりに上位の魔法だから、広範囲の維持は疲れるの。それとも、リリィヴィアの周りだけ温度戻しておく？」

「えっ、それって俺まで巻き添えになるんじゃ……!?　リリィ師匠、早く謝って！」

「ト、トーコちゃんは私にプライド、プライドを捨てろって言うの!?」

「快適な休息と師匠のプライド、どっちが大切だと思っているんすか！」

「そりゃ前者でしょ！　ごめんネネル、哀れな私を許して！」

　プライドよりも安寧を即座に取る。もうホント、どこまでも駄目だこのメイド……

◇　◇　◇

「到着です！」

「おー、こっちは晴れていたか」

　険しい雪山を抜け、スノウテイルの大地に足を踏み入れた俺達。ここも雪が積もっているものの、天気はまるで別世界のように良いものだった。

「周囲一帯、どこを見ても高い山々があるんですね」

「この国は山脈に囲まれたクレーターみたいな地形なんだよ。要は盆地だな。俺らみたいに山を地道に越えるか、船を使って空から移動するしか交通手段がないんだ。馬鹿みたいに不便だろ？」

「あはは……」

尤も、スノウテイルは中間の乗り継ぎ地点でしかない。今回の目的地はダマヤだし、ここで漸く旅の半ばといったところか。

「なあなあ、旦那。さっきから気になっていたんだけど、船はどこなんだ？　辺りを確認しても、全然海なんか見当たらねぇぜ？」

「ん？　ああ、違う違う。その船じゃないよ。海じゃなくて、今回は空の旅だ」

「「空？」」

俺が上を指で示しながらその事を話すと、タイミング良くスノウテイルの貨物船が空を通り過ぎた。

――グオォォォン……！

空を駆ける大型の鳥。鳴り響かせるは、非生物の証であろう機械的な声。現代でいうところの、大型レシプロ機とでも例えれば良いだろうか？　スノウテイルの所属機であるその船は、発着場に向かってそのまま飛んで行った。

「わあ、飛行機かな？」

「うん、飛行機じゃない？」

「ああ、飛行機だな……って、あれが船!?　何であんなもんが飛んでんの、この国!?」

おお、良い反応をしてくれる。密かに楽しみにしていたこいつらの反応、良いものを見せてもらった。

「スノウテイルはメイドイン・ゼクスの、あー、大八魔の1人から技術提供を受けていてな」

「ゼクスというと、第五席のゼクス・イドですか？」

「おっ、流石は千奈津だ。よく勉強してる」

「ふふん！　私自慢のチナツだもの、当然よ」

「お前が得意気になるのか……まあ、そのゼクスの国と同盟を結んでいるんだ。あの船も提供された技術の一つで、大陸間を頻繁に行き来してる船もある」

敵ではなく同盟国であるから、大八魔の絶対不可侵八カ条にも触れていない。だからリリィも文句は言わない。技術提供の交換条件として、ゼクスはこの領土にある特殊な資源の採掘を行っているらしい。互いの利益が一致した、稀有なパターンではあるかな。

「さ、予定日よりもかなり早い到着だ。まずは宿を確保するぞー」

スノウテイルの街にて、宿泊の手配を進めるデリス達。アレゼルが指定した日時にはま

だ余裕があるらしく、何泊かこの街で過ごす事となった。

「道中でモンスターの素材を剝ぎ取っただろ？　今のうちに、この街の冒険者ギルドで売ってきたらどうだ？　ああ、そうだ。時間もある事だし、手頃な討伐依頼を受けて来ても良いぞ」

そんなデリスの言葉に従って、悠那と千奈津は冒険者ギルドへ向かう事に。2人は刀子も一緒にどうかと誘ってみたのだが、弟子としてリリィヴィアの世話をしなくてはいけないと、残念そうにされながらも断られてしまう。世話以外にも気を使う鍛錬があるという事で、彼女は彼女で忙しいようだった。

「刀子ちゃん、少し頰を赤くしてたね？　どうしたんだろ、風邪かな？」

「そ、そうね。この国って結構寒いし、風邪をひいたのかも！　船が出発する予定日までは、ゆっくりさせておきましょう！」

悠那は純粋に刀子の体調を心配しているのだが、千奈津は少し違った。刀子の気を使う鍛錬が如何なるものか、僅かながら察してしまったのだ。だからといって悠那に説明する訳にもいかず、彼女は必死に悠那を誤魔化す事に。悠那が知るにはまだ早過ぎると、それはもう必死だった。風紀の乱れは許せない千奈津も、プライベートにまでは干渉できないのである。

「ええと……うん、ここが冒険者ギルドだね！　アーデルハイトのギルドより、少し建物が小さいかな？」

「ディアーナはアーデルハイトの首都だもの。街の規模が大きくなれば、それだけギルドの規模も変わるのよ。スノウテイルの首都はもっと北の方にあるらしいし、そっちはもっと大きいんじゃないかしら？」

「あ、なるほど！」

千奈津の説明に納得したのか、悠那はポンと手を叩く。それから2人は、深々と雪が積もるギルドの建物へと歩み出した。街中にも雪が積もっており、足跡のないところを踏めばギュッ、ギュッと小気味の好い音が鳴る。それが何だか楽しくて、悠那はご機嫌。千奈津もそんな悠那の姿を見て、久しぶりに心休まるひと時を味わっていた。

「おうおう。華奢なお嬢ちゃん達、こんなところに何の用だい？　ここは子供の遊び場じゃないぜ？」

「ケケケッ！　おいおい、子供を虐めてやるなよ。子犬みてぇに震えてるじゃねぇか！」

が、ギルドに入った途端、そんな良い気分が真っ向からぶち壊される。ギルドに入り、中の間取りを確認。受付に並んで素材を売却をしようとした矢先、大柄な男達に絡まれてしまったのだ。男達は風貌からして碌でもなさそうな様子で、久し振りにストレスフリーだった千奈津の心情は急降下。もうげんなりだった。

「あ、スノウテイルの冒険者さんですね？　私達も同業なんです！　アーデルハイトから登山しながらやって来ました！」

「お、おう!?」

　もちろん、かつて裏社会の組織を潰した悠那が、強面の相手如きに臆することなどある筈がない。いつもと変わらぬ笑顔で、いつもの調子で挨拶をかます。そんな悠那の様子に、ならず者風の冒険者達は逆に取り乱してしまう。

　このギルドは治安が悪いのかなと、その間に千奈津が周囲を観察。アーデルハイトのギルドよりも小規模ではあるが、ここでも酒場が併設されているのは変わらない。客層は殆どが冒険者と思われる男達で、千奈津ら以外の女性は数えるほど。あれほど大声で絡まれれば注目を浴びそうなものだが、ギルド職員と他の冒険者達が動こうとする様子はなかった。

（でも、視線は感じる。しっかりと注目はしている感じね。この人達がギルドのトップランカーで、口答えができない、もしくは同じ穴の狢？　ううん、そういう訳でもなさそう。力で捻じ伏せるのは簡単だけど、それじゃあネル師匠と同じよね。うーん……）

　どうしたものかと千奈津が頭を捻っていると、悠那が挨拶をかましてから数秒して、あらくれ達が正気を取り戻していた。

「や、山を越えて来ただぁ……？ったく、法螺を吹くにしても加減を知りやがれ！　仮にその法螺話が本当だとすりゃ、お前らはさぞ高名な冒険者なんだろうなぁ!?　おい、お前ら何てパーティなんだ！」

「パーティの名前ですか？　『柴犬（しばいぬ）』です！」

「しばいぬだぁ？　やっぱ知らねぇ名じゃねぇか！　つうか、名前まで犬なのかよ！」

「こいつぁ傑作だ！　さぞ可愛（かわい）らしい愛玩犬なんだろうなぁ、そのイヌッコロはよぉ！」

「そりゃ可愛いですよ、最高です！」

「「お、おお……」」

　悠那と千奈津のパーティ名が知られていないのは、ある意味当然の事である。アーデルハイトのギルドにて結成したのは良いが、それ以降冒険者らしい仕事はしていなかったのだ。フンドとの戦いはクラスメイトを代表する勇者として参加していたし、冒険者としての名は一切公表していなかった。する必要もなかった。が、その結果こうして絡まれてしまったので、少しは広めておけば良かったと千奈津は後悔する。

「ここはてめぇらみたいな雑魚が来る場所じゃないんだよ。おら、さっさと尻尾を巻いて帰りやがれ。犬らしくな！　ギャハハ！」

「おっ、上手（うま）い事言ったな！　全くその通りだぜ！」

　仕舞いにはこの扱い。下手に騎士団を名乗っても面倒になるし、もう一思いに師匠のネル気分でぶっ飛ばしてしまおうかと千奈津は思い始める。……が。

「あのー……もしかして私、喧嘩（けんか）売られてます？」

「はぁ？　他に何があるってんだよ？　クックク、どんだけ平和ボケした頭をしてやがんだ！」

「なるほど、了解しました」

「あ？」

「良いですよ、買いますよ。即買いです。で、どっちから潰せば良いですか？」

「ああ？　お前、まだそんな事を言って、や、が──」

男の言葉がそれ以上続けられる事はなかった。対峙する悠那の笑顔は崩れない。だがしかし、それだけで何もかもを押し潰すような殺気が、彼女から放たれていたのだ。正面からその殺気をもろに受けてしまった男達はまず言葉を失い、次に腰を抜かし、最後に色々とやらかしてしまった。ギルドの床に、その証拠が広がっていく。

「あ、あが、あがががが……」

「ヒイィィィ───！」

ああ、やってしまったと千奈津はこっそりと溜め息をついた。悠那はその性格上、滅多な事では手を出さない。さっきまで彼らに友好的に接していたのも、温厚な人柄が前面に出ていたからだといえるだろう。だが、そんな悠那だって線引きはする。明確に敵対する事となれば話は別で、このように相手が格下であれば、まずはこのように警告。そうする事で、戦う前に本能的に分からせるのだ。それが本来、互いの為だと事前に理解させる行為であるのだが、この場合、少し痛めつけておいた方が男達の心の傷は浅く済んだかなと、自業自得ながら男達を哀れに思った。

「どうしたんですか？　来ないんですか？　私から行きますよ？　良いんですね？　反論しないのなら、肯定と受け取っちゃいますよ？」

　悠那は笑顔のまま、その小さな拳を握り始めた。悠那はやると決めれば徹底的に敵の心を折りにいく。敵が悪質であればあるほど、粉々に粉砕する。このままでは男達が本格的に壊れてしまうなと、そろそろ止めに入ろうかと考える千奈津。しかし、それよりも早くに動き出した者がいた。先ほどまで視線だけをこちらに向けて、傍観していた他の冒険者達だ。

「お、お嬢さん方、すまないがその辺にしておいてやってくれないか？　この通りだ」

「こいつらの非礼は詫びさせてもらうよ。いや、実力を見抜けなかった俺達も同罪だ。本当に申し訳なかった」

　その者らは口々にそう言っては頭を下げ、悠那達に謝罪する。この状況がよく分からず、悠那と千奈津は顔を見合わせ、ついでに首も傾げておいた。

「――――ッハ!?　お、俺は一体、何を……？」

　悠那の殺気が止まった事で、口から泡を吹いていない方の男が正気に戻った。それでもまだ動揺しているようで、意識を取り戻した直後から、頻りにキョロキョロと辺りを見回し始める。

「お前らはまず、ズボンとパンツを洗って取り替えて来い。そんなんじゃみっともねぇぞ。あと、何か拭くもんもな」

「え？　あっ……」

　それから少しして、ギルドの床は綺麗(きれい)に掃除された。

　床が綺麗に清掃されたところで、悠那らは冒険者達から事情を聞く事にした。
「それで、どういう事なんです？　様子を窺(うかが)うような視線は感じていましたけど、この人達が怖いから黙っていた、という訳ではないんですよね？」
「そこまで気付かれていたのか……ああ、その通りだ。俺達、お嬢さん達の実力を試していたんだよ。ああ、いや、勘違いしてほしくないんだが、別にお嬢さん達だからという理由で嫌がらせをしたって訳じゃない。スノウテイルの風習っつうか、普段ギルドで見慣れない奴(やつ)が、特にお嬢さん達のように、如何(いか)にも新人みてぇな風貌の若者が来たら、こうやって力量や度胸を試すようにしてんだ」
　再び顔を見合わせる悠那と千奈津。どうやら、悪気は本当になかったようだ。

「ええと、どうしてそんな事を？」

「雪山を踏破したお嬢さん達なら分かると思うが、スノウテイルは閉ざされた国でな。他国から侵略される事はねぇが、行商人が来る事もそうそうねぇ。乏しい資源で、あらゆる面を自分達で補う必要がある国なんだ。それは人も同じでさ、無意味にわけぇのを見殺しにはできねぇ。だからよ、ギルドに新しく顔を出した奴らには、ああやって窮地に陥ったらどう行動するか、皆で見極めるようにしてたんだ」

「ああ、なるほど。凄まれて逃げれば、所詮はそれだけの器で冒険者としての価値がない。歯向かうにしても、どう解決するかでその新人の実力が分かりますもんね。スノウテイルはジバ大陸中で、ガルデバランと並んで凶悪なモンスターの出現地に指定されている場所ですし、やり方は兎も角として、適性を精査するのは間違っていないと思います」

「お、おう、そこまでうちの事情を見抜かれるとは、思ってもいなかったぜ。すげぇ洞察力だな、アンタ……それに、プレッシャーだけでこいつらを心の底から恐怖させるたぁ、本当に大したもんだよ。長い間ここで冒険者をやってる俺からしても、あそこまで酷い解決方法は初めての事だ」

「えへへー。えっと、ごめんなさい……」

　事情を知り、失禁させてしまった２人に対して居たたまれなくなった悠那が、深々と頭を下げる。

「いやいや、だから謝るのは俺らの方だって！　途中で実力差を見極められなかった監視役の俺らも未熟だったし、今回はこいつらが調子に乗り過ぎていた。そこも重ねて謝罪させてもらう。本当にすまなかった。ほら、お前らも！」

「あうっ……！　も、申し訳ありませんでした……！」

「ど、どうか、命ばかりはお助けを……！」

悠那以上に深く頭を下げ、2人の額は自分が粗相をした床へと擦り付けられる。当てられた悠那の殺気を思い出してしまったのか、未だ恐怖で心臓を鷲掴みにされているようだ。今は清掃されて床には何もないとはいえ、その姿は気の毒としか言いようがない。

「貴方達の事情はよく分かりました。私達もこれ以上事を荒立てるつもりはありませんし、これで手打ちという事で。悠那もそれで良いわよね？」

「うん、個人的にスッキリしたしね」

そう言って、土下座状態の男らの横を通り過ぎる悠那達。ギルドの受付カウンターに向かうまで、幾人かの冒険者がその間に立っていたが、悠那達が受付を目指している事を知ると、その者らも率先して道を譲った。ササッと、それはそれは俊敏な動きである。

「何だか、逆に悪い事をしちゃった気分ね……」

「ごめんね、千奈津ちゃん。もう少し威圧する力を抑えるべきだったかも……」

「ううん、悠那が謝る事じゃないわ。さ、それよりもさっさと用件を済ませましょ。時間は有限だもの。あ、すみません。モンスターの素材を売却したいのですが――」

2人がギルドの受付で話し始めると、集結していた冒険者達も徐々に元の場所へと戻って行った。運悪く悠那達に絡んでしまった強面の2人も、取り敢えず酒場のテーブル席に座る。生きている事を実感しているのか、はたまた現状を理解し切れていないのか、魂が抜けた様子でぼーっと天井を眺める2人。そんな彼らのところに、このギルド内では屈指の実力者であるとされる壮年の冒険者が、両手に樽ジョッキを持って相席してきた。

「よう、お前ら。色々と思うところはあると思うけどよ、今日はこれでも飲んで休め。俺の奢りだ」

「あ、先輩……」

「すんません、ご馳走になります……」

この壮年の冒険者は、威圧する悠那を逸早く止めようとした者の1人で、普段から若い冒険者達に何かと世話を焼いている。確かな実力とお節介な人柄が相まって、この街の冒険者は皆彼を慕っていた。不良上がりの強面達も例外ではなく――というよりも、人々から煙たがられ、腐っていたところをこの冒険者にスカウトされ、更生した口だ。

「あんな醜態を晒しちまうなんて、先輩の顔に泥を塗ったようなもんです……本当にすんませんでした！」

「お、俺も、迷惑掛けてすんません！　折角先輩に腕っぷしを買われたってのに、あんな馬鹿みたいな真似を……」

「いや、良いんだ。つうかな、あれは仕方ない。仮に俺がお前らの立場だったとして、あんな殺気を向けられたら……うわ、考えたくねぇな。俺も漏らすわ。ハハハッ！」

「せ、せんぱーい、からかわないでくださいよ～」

豪快に笑う冒険者に対し、強面達は少しだけ元気を取り戻す。こうやって冗談を言って、自分達を励ましている。初めて会話した時も、喧嘩からスタートしてこてんぱんに負かされ、気が付いたら肩を組んで酒を飲んでいた。その時と一緒だ。この人はいつも、こんなにも最低な自分達を導いてくれる。そう思うと、不思議と羞恥心は消え、強面の顔に笑みが戻っていた。

冒険者は一頻り笑った後、樽ジョッキに入った酒を一気に飲み干し、ぷはぁと大きく息を吐く。それから強面2人の活力が回復したのを確認して、少しだけ真面目な顔を作った。

「ここだけの話なんだけどよ、あのしばいぬ？　とかいうお嬢さん方、お前らはどう見る？」

背伸びをしながら受付カウンターに肘をかける悠那と、あれやこれやと受付嬢と話をしている千奈津に一瞬視線を向け、冒険者は2人に問い掛けた。再び悠那達の話題を出されるとは思っていなかった2人は、当然の如く言い淀む。

「えっ？　えっと……ちょっと、想像がつかないっすね。ただ、あのちっこいのと直接刃を交えた訳でもねぇですけど、俺らなんかよりも相当強いってのは分かります。なあ？」

「ああ。モンスター退治を生業にしてたってのに、何だか情けないな……」

「情けなくねぇよ。お前ら、この前揃ってレベル3になったんだろ？　立派に一人前だ。誇って良いぜ？」

「あ、ありがとうございます！……あの、先輩はあいつらをどう見ているんすか？　先輩はこのギルドで一番の使い手だし、確かレベル4っすよね？　先輩なら、あいつらにも――」

「――無理だ。勝負にもならねぇで瞬殺される」

「「え？　いやいやいや……」」

　また何かの冗談か？　もったいぶって、引っ掛かったと笑い出すのではないか？　強面2人はそう考えて苦笑いを浮かべたが、冒険者は一向に表情を変えようとしなかった。

「あのお嬢さん達は化け物の中の化け物だよ。いいか？　あの子らとは絶対に敵対するな。殺気を出されて初めて力の差を理解した俺が言うのも何だが、これは忠告だ。俺も精一杯勇気を出したんだけどよ、もうあいつらの前には出られそうにねぇんだわ。たぶん、次は助けられない」

　テーブルの下にある冒険者の足は、酷く震えていた。長年培った経験が豊富な分、彼はその強大さをより詳細に、その頭で理解してしまったのだ。強面達から見える上半身の平静を保たせるのがやっとで、正直なところこの場から一刻も早く逃げ出したい気持ちで一杯だった。

「あの、先輩……？」

「いいか、忠告したぞ？　悪いが、俺は先に帰って寝る。気分が悪くて、今にも吐きそうなんだ……」

　冒険者は立ち上がり、そそくさと代金を払ってギルドから出て行ってしまった。残された強面達は呆然とそれを見送り、テーブルには奢られた酒だけが残っていた。

「そ、それではホワイトブリッツウルフ、合計34匹分の素材を確認致しましたので、こちらの金額をお渡しします。どうぞご確認ください」

　受付カウンターにて、雪山でモンスターから剝ぎ取った素材を売る悠那達。肉は悠那が殆ど食べてしまったが、牙や毛皮なども綺麗に処理していたお蔭で、結構な金額が紙面上に弾き出されていた。千奈津がそれを見て、予め確認していた相場を用い暗算にて再計算。妥当だろうなと納得したところで、受付嬢にこれで大丈夫だと了承する。心なしか受付嬢がホッとしていたような気もしたが、深くは考えない事にしておいた。

「おおー！　これだけあれば、暫く(しばら)は贅沢(ぜいたく)な食事が作れるね、千奈津ちゃん！」

「は、悠那、結構な期間師匠の屋敷で暮らしていたのに、まだ生活費の節約してたの？」

「そりゃするよー。安くて沢山、そして美味(おい)しくが私のモットーだもん」

「プロの発言ね……」

　帰りにちょっと高価な肉でも買おう。いや、また仕留めようかという話で一旦間を置き、本日のもう一つの目的、鍛錬になりそうな討伐依頼探しへと移行する２人。ここもディアーナのギルドと形式は同じで、大きな掲示板に依頼の内容を記した紙が大量に貼られていた。

　悠那と千奈津がそちらへと近づくと、やはりというべきか人の波が左右に分かれ、綺麗に掲示板への道が開けてしまう。掲示板の隅から隅まで見えて、背が高いとは言えない２人としてはとてもありがたくはあるが、１人の女の子としては何とも言えぬ心境の千奈津。片や悠那はラッキーと思うばかりで、全く気にしていない。

「悠那は強いわね……」

「えっ？　千奈津ちゃんも同じくらい強いと思うよ？」

「ううん、メンタルが」

「んー？」

　それもその筈(はず)、悠那は日本にいた頃から各スポーツ界、格闘技界で活躍していた為(ため)、ある意味こういった扱いには慣れていた。元々が図太い性格で化け物メンタルという点も大きく、この程度の扱いで悠那が周りの視線を気にする訳がなかったのだ。所謂メンタルモンスターと自分を比較している時点で、千奈津は大きく間違っている。デリスがここにいたのなら、こう指摘しただろう。比較対象が悪過ぎる、と。

（私も悠那を見習わないと……！）

千奈津、それは茨の道である。

「えーっと、討伐依頼、討伐依頼は～」

「レベル6前後の依頼があれば御の字だと思っていたけれど、やっぱりないわね。最高でも4までか」

「4って、さっき納品した白狼と同じくらいだよね？　それだと準備運動にもならないかな……」

ここで一度、ギルド公認モンスター判断基準表で以前学んだ事を復習してみよう。悠那達は物足りなさそうに掲示板を眺めているが、レベル4のモンスターとはそのギルド支部にて一番の使い手が討伐すべき、凶悪で凶暴な敵だ。下手をすれば近隣の村々の壊滅にも繋がり、騎士団が派遣される事態にもなり得る。世間一般の常識からすれば、レベル4の討伐依頼はそういった難度と言えるのだ。

（おいおい、レベル4のモンスターが準備運動って……）

(聞き間違い、聞き間違いだよな？　うん、そうに決まってる。俺は深くは考えない)

(レベル6とか魔王級じゃねぇか！　んな恐ろしい依頼、ギルドをすっ飛ばして国にいくわ！)

よって、2人の会話を耳にした冒険者達は総じて耳を疑っていた。二度見ならぬ二度聞きである。

「このホワイトバスターベアってモンスターはどうかな？　レベル4対象だけど、名前が強そうだよ？」

「名前だけで決めるのもどうかと思うけど……まあ、他に目ぼしい依頼もなさそうだし、そこで妥協して――」

「――貴女達、高難易度の依頼を探しているのですか？」

ふと、背後から掛けられる少女の声。悠那と千奈津は声の方へと振り返る。

「……？　ええ、まあ。貴女は？」

そこには雪のように白い髪、白い肌をした同年代ほどと思われる少女が立っていた。寒冷地の仕様らしくモコモコとして暖かそうな毛皮の付いた鎧を着用して、手足はガントレットとレッグガードでしっかりと護っている。青い瞳は氷のように冷たくも美しく、彼女は悠那達と視線を合わせてからも、それを逸らそうとはしなかった。

他の冒険者達がここまで悠那達を避ける中、正面から平然と声を掛けてきた彼女は少し異様に映る。背負っている大剣もかなりの業物にしか見えず、千奈津（ちなつ）は自然と警戒を強めた。

「ああ、申し遅れました。私の名はゼータ・ミリアド、辺境のしがない村娘です」

((((いやいや、普通の村娘はそんな鎧を着ないし、そんな重量級の大剣は背負わねぇよ！))))

真顔でそう言い切る彼女に対し、冒険者一同は心の中でそう叫ぶも、話に割って入る勇気がないので、そこで何とか堪（こら）えるのであった。

「奇遇ですね。私も昔、村娘な感じでした！」

「おっと、そうなのですか？　何だか親近感が湧いてきますね」

一方の悠那は、よく分からない親近感を共有していた。

「……あれ？　あの白い娘（こ）、いつからギルドに入ってた？」

「あ、そういえば……って、ちょっと待て！　今あの子、ゼータ・ミリアドって名乗ったか!?」

「言いましたよ。私、ゼータ・ミリアドです。先ほど、とても気分の悪そうな顔をした方と、すれ違いで入って来たばかりでして。あ、私村娘ですけど、歴（れっき）としたスノウテイルの冒険者でもありますので、度胸試しは結構ですよ？」

ノーセンキュー、とばかりに腕を突き出すゼータ。

「そ、そうか？って、そうじゃねぇよ！　ゼータっていやあ、国王が指名したスノウテイルの勇者様じゃねぇか！　何でこんな田舎町に来てるんだよ!?」

「それってマジな話か？　勇者様って、例の魔王討伐連合に参加する予定だった、あの？」

「ああ、その勇者様だよ。名前だけ発表して、その後は姿も見せずに、よく分からない理由で参加を取り止めたって噂の！」

ゼータの登場で、ギルド中が一気に騒がしくなり始めた。ゼータとしてはあまり好ましくない状況なのか、僅かに彼女の眉が吊り上がっている。

「不用意にざわつかせてしまいましたね……あの、私の話を聞く気があるのであれば、場所を移して少しお話ししませんか？　あちらに、ちょうど良い感じのカフェがあるんです。ぬくぬくですよ？」

「……だって。悠那、どうする？」

「私が決めて良いの？」

「うん。情報が不足してる時は、悠那の勘に任せるのが一番だもの」

「えっへへー、頼りにされてる～。それじゃ、ご一緒します！」

「了解。という事で、そのぬくぬくカフェに案内して頂けますか？」

「もちろん。それでは、これ以上騒がしくなる前に行くとしましょうか」

――ガシャンガシャン。

（ん……？）

先導してギルドを出たゼータの足音に、悠那はちょっとした違和感を覚えた。それは聴覚が異常に優れた彼女だからこそ気づいた些細な違和感で、普通であれば全く意に介さない程度のもの。それでも悠那は、その足音が生物が放つ音ではないように聞こえて、言葉にはし難いが、何ともしっくりこない感じに首を捻る。

「悠那、どうしたの？」

「うーん？　ううん、カフェで直接聞いてみるよ」

「……？　そう？」

外に出ると、先ほどよりも空が荒れていた。

◇　◇　◇

ゼータに案内されたのは、ギルドのほど近くに位置する石造りの建物だった。よくよく注意して見ないと分からない位置に看板があり、事前情報がなければそのまま素通りしてしまいそうな、そんな佇まいである。所謂隠れ家的カフェとでも呼ぶのだろうか。悠那達は辺りを見回しながらゼータの後に続く。

意外な事に店内には、童話に出てくるような温かみのある空間が広がっていた。パチパチと薪がはぜる暖炉をバックに、古風な木製テーブル、椅子が数人分並んでいる。先客は老夫婦が一組だけと、さっきの喧騒ばかりが目立っていたギルドとは真逆の雰囲気を感じさせる場所だ。

「ぬくぬくだ～」

「ぬくぬくね」

カウンターにてカップを磨いていた年配の女性が、先に店に入ったゼータの姿に気が付いたようだ。非常にゆっくりとした動作で眼鏡を掛け直し、品のある笑顔を彼女に向ける。

「あらぁ、ゼータちゃんじゃない。いらっしゃい。今日はお友達も一緒なのかい？」

「こんにちは、お婆さん。彼女達は、ええと――」

ゼータが何と言えばいいのか分からず、少し戸惑った様子で視線を悠那達に向ける。果たして友達と言ってしまって良いものか、迷っているようだ。そんなゼータに逸早く反応したのは悠那だった。何も言わず、問題なんて全然ないとばかりに満面の笑みを返す。

千奈津は悠那のように了承こそはしなかったが、逆に反対もしなかった。今のやり取りを見て、どうやらゼータという少女は嘘のつけない人間なんだと判断して、少しだけ警戒を緩めたのだ。

「……ええ、友達なんです。ついさっき、友達になったんです」

「本当に嘘がつけない性格なのね……」

「え？」

「ううん、こっちの話よ」

「……？」

3人は暖炉近くの席に座り、温かなホットミルクと簡単な芋料理を注文する。注文を受けた老婆は終始ニコニコと笑顔を咲かせ、実に楽し気な様子で3人を見守っているようだった。

「店員のお婆さん、すっごく楽しそうだったね。ゼータさんとは昔からのお知り合いなんですか？」

「いいえ、私がこの店に通うようになったのは、どちらかといえば最近の事ですね。騒がしいところよりも、こういった落ち着いた場所の方が好みでして。この街を訪れてからというもの、結構な頻度でお邪魔しています」

「そうなんだ？　とっても仲良しだったから、本当のお婆ちゃんなのかなって思っちゃった」

「実際、よくしてもらっています。ありがたい事です」

それから少しして、3人分のホットミルクが運ばれて来た。料理の方はもう少しだけ待ってねとだけ言って、老婆はカウンターへと戻って行く。

「……ギルドでの反応もそうでしたけど、貴女はこの国の冒険者ではあっても、この街の出身者ではないみたいですね？」

「そうなります。もっと雪山に近い、スノウテイルの中でも辺境に属する村の生まれです」

「村娘、なんだよね？」

「村娘、ですね」

何とはなしに、固い握手を交わす悠那とゼータ。どうも2人は、このフレーズがすっかり気に入ってしまったようだ。元々は転移時の皮肉として悠那に使われていた言葉だが、悠那のプラス思考にかかれば、そんな事は欠片(かけら)も気にする必要がないのである。

「コホン。そろそろ本題に入りましょ？」

「そうですね。すみません、少々脱線してしまいました」

ペコリと頭を下げるゼータ。やはり悪い娘には見えない。むしろ、良い子感がその雰囲気から滲(にじ)み出ている。

「ギルドの冒険者の方が言っていた通り、私は国王よりスノウテイルの勇者の位を賜っています。個人的な理由により、先の勇者連合には参加できませんでしたが……」

「あ、それそれ！　その話、私も気になっていたんですよ！　スノウテイルの勇者って、冬眠するとかで連合に参加していませんでしたけど、本当に冬眠していたんですか？」

「……えっ？」

　ゼータは何の事なのか分かっていないようで、首を傾げている。そんな反応を返されてか、悠那と千奈津もつられて首を傾げてしまった。

「えっと……連合に参加できなかった国は2つありまして、その一つであるハンの国は、勇者がモンスターに襲撃された際に負傷、それが祟って不参加となっています。もう一方がスノウテイルの国なのですが、そちらは勇者が冬眠したという理由で不参加になっていたんです。ご存知ないですか？」

「冬眠、ですか？　私、雪国の生まれではありますが、流石に冬眠はした事は……」

「『ないですよねー』」

「はい、残念ながら」

　残念なんだと軽く心の中でツッコミを入れ、千奈津は状況を整理する。これまで観察した彼女の性格からして、勇者ではあるけれど、冬眠したという情報は事実と異なっていると考えられる。

（まあ、最初から冬眠したという眉唾物の話なんて、鵜呑みにしてはいなかったけれど……）

　ならば、実際のところは？　そんな疑問が頭の中にふと浮かんだ。

「お2人とも、勇者連合についてお詳しいですね。もしかして、関係者の方だったんですか？」

「……？　知ってて声を掛けたんじゃないんですか？」

「す、すみません。その、スノウテイルでは同性の同業者は珍しくて、実力もありそうだったので、つい……」

「え、あ、そう、でしたか……」

「……」

　ゼータのその言葉は事実だったようで、雪色の肌がみるみるうちに赤く染まっていく。本当にそこまで深くは考えず、感性に任せて声を掛けてしまったらしい。

「うんうん！　そういう事もあるよね！　あるあるだよね！」

「そ、そうね、あるあるね。それじゃ、今更だけど自己紹介をしておきましょう」

　微妙な空気にフォローを入れた後、改めて自分達がアーデルハイトの勇者である事を明かす悠那達。

「は～、奇遇ですね。まさか、私と同じ勇者がこの街にいただなんて……道理で凄まじい強さを、お2人から感じた訳です」

「魔王を退けて連合も解消されたし、もう勇者ではないんですけどね。職業も違いますし」

「それを言ったら、私だって職業は勇者ではありません。むしろ、職業が勇者の方は少ない筈ですよ」

「確かに連合に参加した他の勇者達も、生粋の人はあまりいなかったかな？」

「リンドウさんくらいでしょうね。塔江君は悠那に再起不能にされちゃったし」

「えへへ」

「悠那、別に褒めてないからね？」

それから雑談を続けていくうちに、３人は完全に打ち解けていった。当初は警戒していた千奈津も、今となっては白と判断して気を許している。これなら話を聞いても大方は大丈夫だろうと、温かなホットミルクを口に含む千奈津。

「あ、ところでゼータさんって、両足に何か仕込んでます？　足音とレッグガード内で響く音が不自然で、ちょっと気になってしまって。生身というか、中に機械が入っているような――」

「ブフッ……！」

「わっ、千奈津ちゃん!?」

「チナツさん!?」

あまりにストレートな悠那の質問に、千奈津は口に含んだホットミルクを吹き出しそうになってしまった。非常に危なかったが、すんでのところで何とか堪える。

「千奈津ちゃん、大丈夫？　背中擦ろうか？」

「き、気分が優れないんでしょうか？　すみません。私、光魔法の心得はなくって……！」

「ん、んんっ……！　大丈夫、大丈夫よ。でも悠那、いくら何でもゼータさんに対して失礼でしょ。質問が直球過ぎ！」

　ハンカチで口元の汚れを綺麗に拭き取った千奈津は、親友として悠那に注意を促す。仲が良くなったとはいえ、自分達はまだまだ初対面。そこまで突っ込んだ質問はするべきではないと、常識の観点からそう思ったからだ。

「そ、そうだね。機械だなんて言って、ごめんなさい……」

「いえいえ！　何だ、私の事を気に掛けてくださったんですね。でも、失礼だなんてとんでもないです。気付いてくれて、却って嬉しいくらいですよ。左腕の義手と両足の義足は、私の誇りですから」

　そう言って、ゼータは左腕をスポッと取り外してみせた。悠那と千奈津、突然の告白に固まる。

　自らの左腕を外したゼータは、特に痛みを感じるような素振りを見せる事もなく、さもそれが当然であるかのように振舞っている。それどころか、彼女がその義手に向ける視線

はどこか熱がこもっていて、初めて目にした時の氷の瞳が嘘のようであった。

「え、えっと……ゼータさん、義手だったんですね。それも、かなり精巧な作りの……」

「はい！　残念な事に右腕などは生身ですが、左腕と両足は機械化しているんです！　眺めるだけでも惚れ惚れするような、神々しい出来でしょう？　ああ、神様は何と酷い事をなさるんでしょうか。左腕や両足のみならず、私の全てを変えてくだされば良かったのに……！」

「「……」」

悠那と千奈津はゼータへの評価を上書き修正する。良い娘ではあるけれども、かなり危ない価値観をお持ちである、と。残念がっているところがおかし過ぎた。

「私の人生は、この義手義足と出会ってから始まったと言っても過言ではありません。いえ、正確に言えば、これら圧倒的科学技術とでしょうか！　あれは忘れもしない、ある吹雪の日の事です！」

そして、何か語り出した。どうもゼータは、義手や義足の事となると饒舌になる傾向があるようだ。表情豊かと言えれば良いイメージになるが、実際のところは目が血走っていて若干怖い。会ったばかりの頃のクールさは、どこに投げ捨ててしまったのか。

「先ほども言いましたが、私が生まれた村は辺境も辺境。スノウテイル国内でも豪雪地帯かつ、周囲から隔絶した地域にありました。元を辿れば酔狂な変わり者達が集まり、自然と形成されて出来たと耳にしています。ですが、そんな場所には危険が付きもの。人里近くに住めば、冒険者や国の兵士達が退治してくれるようなモンスターも、自分達で相手をしなくてはなりません」

「な、なるほど……」

「うんうん、そうなりますよね。師匠の実家が山の中だったから、すっごく分かります」

悠那と千奈津は、空気を読んで大人しく話を聞く事に。特に悠那は、ここにきて共感しまくりである。

「変わり者の村人達は、そんな土地に移住するだけあって力自慢ばかりでした。訳ありの元冒険者だっていましたし、村に襲い掛かろうとするモンスターを退治するのに、それほどの苦労はなかったんです。そんな辺境の村で生まれた私も、自我が芽生えた頃にはモンスターと戦い、狩りの中で生活をしていました」

「それもあるあるですね。私もお父さんやお母さんによく山に連れて行かれて、熊とか猪（いのしし）とか――」

「――悠那、そこは日本出身者として、決してあるあるじゃないわ」

千奈津が歯止めをかけるも、順調に村娘の定義は壊れてきている。

「しかし、ある日の事、私とは別グループで狩りに出掛けた村の者達が、雪山から帰って来なかったのです。その中には村一番の強者である私の両親がいて、他の村人達も腕の立つ者ばかりだったのですが……何か予期せぬ出来事があったのではないかと、残った村の者達で緊急集会が開かれました」

「「……」」

　高揚していたゼータの声のトーンが下がり、話の流れがきな臭い方向へと向かい始める。悠那と千奈津は自然と姿勢を正した。

「外は雪で荒れ始めています。父達の安否が心配されました。何といっても雪山では、時間が経つ毎に命の危険が高まりますから。天候が本格的に荒れる前に、できる限りの可能性に賭けよう。取り急ぎ残った者達で捜索隊を組み、行方不明者が残したであろう足跡を見つけて、その後を追ったのです」

「そ、それから……？」

「足跡を辿り、私達は雪山の奥地へと進みます。しかしながら進めども進めども、足跡の主の姿は見えてきませんでした。その頃には空が荒れ、視界も白くなりかけていました。もうこれ以上の捜索は困難であると、私達が一旦村に帰ろうとしたその時――奴は現れました」

　ゴクリと、２人は生唾を飲み込んだ。

「轟々と雪が降り頻る視界の悪い中、その巨体の影はもう目の前にあったんです。いくら視界が悪いからといって、こんな近距離になるまで何で気が付かなかったのか？　私達の頭に最初に浮かんだのは、不用意にもそんな事でした。そしてまた気が付けば、最も奴の近くにいた隣人の上半身が消えていました。……奴に食べられたんです、一口で」

「……それは、一体どんなモンスターだったんですか？」

「二足歩行をする、大型の白猿でしょうか。腕も足も、大木のように太く強靱。そして何よりも、異様に発達した大口は何であろうと噛み砕き、咀嚼する。私はその時、明白な死を覚悟しました。だって、最初に食べられてしまった仲間の直ぐ後ろにいたのは、私だったのですから。ああ、父や母もこのモンスターに食べられたんだ。……なんて、愚かにも思考は余計な事に割いてしまい、その後の記憶は疎らなものです。次に意識を取り戻した時、私は雪原の上に倒れていました。左腕と、両足がない状態で」

何の因果か、そのモンスターはゼータの体を中途半端に喰らい、次の獲物の肉へと関心の矛先を変えていた。ゼータの横には、顔見知りだった村人の首だけが落ちていたりと、四肢がバラバラとなった死体の山が築かれていたという。喰われながらも生き長らえたのは、捜索隊で最も若かったゼータのみで、後は無残にも全滅。頭部や胴体を殆ど傷付けられなかったゼータも、出血多量で死んでしまうのは時間の問題だった。

「その頃にはもう痛みもなくて、ただただ全身が寒いだけでした。視界も少しずつ暗くなっていって、もう眠たくて……でも、その際にある事に気が付いたんです。周りにできた血の海の中に、あの憎っくきモンスターの死骸が転がっている事に」

「そ、それって、どういう事です？」

「私も最初は目を疑いました。今にも曇りそうな瀕死の目でしたけど、必死になってその真偽を確かめようと、雪の積もった地面を這いずったんです。するとあの白猿の死体の奥に、誰かが立っているのが分かりました。最後の力を振り絞ったお蔭なのか、その方も私が生きている事に気が付かれました。もう意識も朧げではありましたが、ギュッギュッと雪を踏みしめて歩く音が近付いて来るのを、今でも覚えています」

ありがとうと、お礼の一言が言いたい。しかし、ゼータの口は疾うに限界を迎えていて、それ以上動かす事ができなかった。自分はもう死ぬ。ならせめて両親の、そして仲間達の仇を討ってくれた人物の姿を見てみたい。ゼータがそう思いながら上を見ると、こんな辺境にはいる筈のない騎士鎧のような人影が目に映った。

『フゥーハッハッハッハ！　生存者がいるとは何という幸運！　某、この時期に資源採集に来て大正解でしたな！　しかしながら、命の灯火もあと僅かなご様子！　必要以上の干渉はあまりよろしくないのですが、まあ人命には代えられませんな！　大人しく、後でリリィヴィア殿から仕置きを受けると致しましょう！　フハハハハハハ！』

「――と、こう言われたのです。そのお言葉を頭に叩き込んだ直後、私は意識を再び失いました。次に私が目を覚ました時、そこは見知らぬ街の宿の一室。体の出血はすっかりと止まっていて、なくなった腕と足にはこの義手と義足が付けられていまして……」

「「……」」

悠那と千奈津はその高笑いをかましていた人物に、とてもとても、まるで最近お会いしたかのように心当たりがあった。

「ああ、これは神の思し召しだと思い、私は深く深く感謝致しました！　宿の主人に私を運んでくださった御仁についてお伺いし、情報と痕跡を追跡、様々な過程を経て暫くして、私は漸くその御仁と関係の深いものを探り当てる事ができたのです！　その名も、メイドイン・ゼクスを設立されたゼクス様！　素晴らしき機械技術の創始者様でした！」

ああ、やっぱり。悠那と千奈津は心の中で声を合わせた。

「――という経緯がありまして、私はスノウテイルの勇者となりはしたのですが、連合には参加できなかったのです。ふう」

「な、なるほど……」

ゼータが達成した感に満ちた、気持ちの良い表情を作る。長い長い、ゼータの身の上話が漸く終わりを迎えたのだ。悠那と千奈津は滔々と話すゼータの気迫に負けて、大人しくその話に聞き入っていたのだが、まさかここまで長くなるとは思ってもいなかった。ゼータの話を要約すれば、次の通り。

自身に装着された義手義足を事細かく調べ上げ、窮地から助け出してくれた恩人を追い掛けた彼女は、スノウテイルの首都に辿り着いた。途中、足取りを消す為の偽の情報もばら撒かれていたのだが、彼女の凄まじいまでの執念はその全てを調査するに至らせ、遂にはこの国に技術提供を行っていた大八魔、ゼクスの下へと導いたのであった。

『フハハハハ！……え、あの時に助けた生存者？　某にお礼がしたかったから、この場所を突き止めた？　某とその手足の、その僅かな情報から？　真に？』

それはゼクスとスノウテイルの国王が、お忍びで首都の城下町に出ていた時、要は秘密の会談の最中の事だ。この時、ゼクスがゼータを救出してから、かれこれ半年が過ぎ去っていた。予期せぬ彼女の登場には、流石のゼクスと国王も目を点にする。

『……フゥーハッハッハッハ！　その行動力、その意気や良し！　よろしければ、我がグループで共に働きませぬか？　某、人間の心は未だ理解していませんが、恐らくはアットホームで働き甲斐のある職場だと思いますぞ！』

ストーカーの如く唐突に押しかけたゼータを相手に、ゼクスはあろう事かスカウトを試みたという。もちろんゼータがこの勧誘を断る筈もなく、それ以降はゼクスの配下として働く事に。ついでに国王との面識もできてしまう。ゼータの勇者への第一歩は、ここから始まった。

ゼクスの下での主な仕事内容は、特定の鉱物やモンスターから得られる素材の収集。つまりは冒険者の職務と大体が同じである為、そのまま冒険者とも名乗る事となったそうだ。

スノウテイルはジバ大陸の中でも出現するモンスターが強く、環境自体も過酷な国だ。そんなスノウテイルの辺境で、幼い頃からモンスターを相手に狩りをしていたゼータの冒険者としての能力は、それはそれは素晴らしいものだった。

ゼクスより戦闘用として新たに与えられた義手義足は、失った手足のハンデをアドバンテージに反転させ、更にはゼータ自身の期待に応えたいという意欲にも繋げさせた。スノウテイル国内の各地で成果を挙げ、メキメキと成長を続けるゼータを、やがては国王も認めるようになる。

そんな最中に起こった先の勇者連合。これにゼータが指名されたのは、最早必然だったのだ。この大任にゼータの戦意も十分。彼女が華々しい戦果を挙げると、誰もが信じて疑わなかった。……が。

『同志ゼータ、そういえば久しく手足のメンテをしていませんでしたな。大事の前に体調を整えるのは当然の事、バージョンアップも兼ねて盛大に取り掛かりましょうぞ！』

『バージョンアップ!?　是非に！』

『えっ？　お、おい、勇者連合の件は……？』

こうして狼狽する国王を余所に、ゼクスとゼータは暫くの間、表舞台から姿を消してしまった。デリスであれば、この時点で全てを察しただろう。案の定、ゼータのメンテナンスは長期に亘り、連合の招集が成されてからも終わる兆しを一切見せなかったのだ。というよりも、ゼクスは初めからゼータを連合に参加させる気がなかった。

と言うのも、今やゼータはゼクスの正式な配下だ。そんな彼女がフンドを討伐する為に結成される、勇者連合などに参加させられる筈がそもそもなかったのだ。死ぬ間際であったゼータに接触、治療後に自身の配下に加える程度であれば、平謝りでリリヴィアも渋々、もしくは交換材料を提示する事で了承するだろう。しかしながら、たとえ配下同士であったとしても、大八魔戦力の直接衝突は許されていない。よって、ゼクス所属のゼータは最初から戦う事のできぬ、雪国の眠れる勇者だったという訳だ。

『いやはや、申し訳ない。メンテナンスで長引いてると連絡は……できませんなぁ』

『まず人間なのかと疑われるであろうからな。むう、仕方がないか……元から我が国は、隣国と交わりは少ないのだ。今回は出せぬと、適当な理由を考えよう。そうだな、ちょうどこれからは寒さが厳しくなる時期だ。勇者が冬眠してしまったとでも、各国に連絡しようか』

『フハハハハハ！　冬眠とは、なかなか洒落が利いておりますな！』

『冗談で済めば御の字だ。もしもの時は同盟として、手回しをお願いするぞ？』

『御意に。貴国には何かと助けて頂いています。悪いようには致しませんよ』

『我が国としては、何に使用するのか見当もつかぬ資源を提供しているだけなのだがな……』

と、ゼータも知らない冬眠の裏話はこうなっていたりする。外界との繋がりが薄く、事情を知る者が限られた彼の国だったからこそ、通用した手でもあった。

「あの……ゼータさんは、ゼクス・イドが大八魔である事をご存知ですか？」

「ええ。私自身が知ったのは命を助けて頂いてからですが、この国の人々の中にも知る方はかなりいらっしゃいます。ゼクス様はアレゼル・クワイテットと並んで、私達人間と友好関係を結んでくださる稀有な大八魔の１人。当初は驚きもしましたが、今では妥当な話だったと納得しています。大八魔というだけで必要以上に恐れる方もいますが、実際は世間のイメージと全く異なるんです。お２人もお会いになれば、疑いも晴れると思うのですが……」

「大丈夫ですよ、ゼータさん。私達、とっても理解してますから！　ね、千奈津ちゃん？」

「ま、まあそうね、うん……」

大八魔がどのような存在なのか、ある意味でその本質をよく見聞きした悠那と千奈津。その力は実に恐ろしいが、それと同じくらい人格にもインパクトがあった事を、２人は今も忘れていない。

すっかり落ち着きを取り戻したゼータは、出会った頃のクールな雰囲気になっていた。

そこへ老婆が芋料理を運んで来る。芋をまるっと揚げて、その上から自家製のチーズをふりかけたスノウテイルの家庭料理だ。

「お待たせしちゃったね。熱いから気を付けて」

「ありがとうございます。わっ、美味しそう！」

「ふふっ、ゼータちゃんがあんなにお喋りになっちゃうなんてねぇ。お婆ちゃん耳が遠いから内容までは聞こえなかったけど、とっても楽しいお話をしていたんだろうね。さては恋バナかい？」

「あはは……えっと、そんな感じです。秘密でお願いしますね？」

「分かってるよ。それじゃ、ごゆっくりね」

限りなく近いようで遠いような、もっと壮大な話だったような――老婆の勘は侮れなかった。

「それで、ゼータさんは高難易度の依頼について、何かご存知なんですか？　最初に声を掛けて頂いた時、そのような事を言っていましたが……」

「千奈津ちゃん。それよりもこの料理が冷める前に、美味しく頂かないと！」

「ハルナさんの言う通りです。チーズがお芋の熱でとろけている今が食べ頃ですよ」

気が付けば、悠那とゼータは一足先にフォークを皿に伸ばし、パクパクと料理を食していた。今はこれが最優先事項だとばかりに、それはもうパクパクと。

「……いただきます。あ、美味しい」

この後、めっちゃおかわりした。

「ご馳走様でした！」

「お婆さん、とっても美味しかったです」

「お粗末様でした。うふふ、こんなに食べてくれるなんて、お婆ちゃんも嬉しいわ」

食事を終えると、テーブルの上には皿が何枚も積み上げられて、何本かの塔が形成されていた。これらの半分以上を食したのは悠那であるが、細身のゼータもかなりの量を追撃する健闘ぶりを見せたのである。口にした分が全体の1割にも満たない千奈津は、そんな2人の見事な食べっぷりに、途中から言葉を失っていた。

「悠那に関しては分かっていたけれど、まさかゼータさんもこんなに食べるとは思ってなかったわ……」

「スノウテイルでは食べられる時に食べておかないと、非常時に対応できませんから。エネルギーの充塡量は、多いほど良いのです」

「なるほど～。千奈津ちゃんはもっと頑張らないとだね！」

「えっ、私が責められるの？」

　思わぬ反撃を食らう千奈津。彼女とて、女性としては平均的な量を食べてはいる。比較する2人の量が、4・5倍ほど凄まじいだけなのだ。

「そうねぇ、お嬢ちゃんはすこーしだけ少食かもしれないねぇ。お婆ちゃん、ちょっと心配かも」

「お、お婆さんまで……!?」

　ちなみにであるが、スノウテイルはジバ大陸屈指の大食い国家でもある。この老婆も若い頃は、国が開催する大食い祭りでブイブイいわせた口だ。

「えっと……私がおかしいのかしら？」

「スノウテイルの基準からすれば、少し」

「う、うーん。郷に入れば郷に従えって言うし、もう少し頑張るべき……？」

「あはは。千奈津ちゃん、さっきの頑張らないとは冗談だからね？　あまり無理しない方が良いよ。慣れない量食べちゃうと、後で気持ち悪くなっちゃうかもだし」

　この後、生真面目な千奈津はホットミルクを一杯だけおかわりした。

「ふう、何だか落ち着いた気がする……」

「お腹も満たした事だし、そろそろ私、依頼について聞きたいです」

「そうですね、お話し致しましょう。先ほどの私の話の中で、白猿が出てきた事は覚えていますか？」

「ええ。ゼータさんのご両親の仇で、ゼクスさんに倒されたモンスターですよね？」

「はい、その白猿です。これも後で知った事なのですが、私の故郷である村は人手を失い、残った村人達も自然と散り散りとなって廃村となりました。今となっては辺境の地に、村の名残である僅かな建物と荒れた畑があるだけです。ですが、最近になって新たな情報が、我がグループに舞い込んできたのです。あの白猿が群れを成して、廃村に住み着いた、と」

「……」

「ほほう！」

千奈津は静かに思った。ふわっとした穏やかな雰囲気になったかと思えば、また重い話題をぶん投げてきたな、と。一方、隣の悠那は目を輝かせている。親友は今日も元気に通常運転だ。

「もしかしてですけど、故郷を取り戻す為にその白猿モンスターの討伐を手伝ってほしい、という事でしょうか？　その、ご両親の仇討ちの為に」

「あ、いえ、依頼内容は仰る通り討伐なのですが、目的は違います。仇云々とは関係なしに、そのモンスターの素材が欲しいだけなんです。ゼクス様が必要とされるものですので。父と母の仇はゼクス様が取ってくれましたし、もうすっきりしましたし」

「そ、そうでしたか……」

ゼータ、やはりクールなところはクール。というか、天然。

「白猿の強さは推定レベル5。ドラゴンの成体にも匹敵するとされる、スノウテイルに生息するモンスターの中でも最強の種族です。それでも今の私であれば、たとえ白猿が群れを成していようと、何の問題もなく対処は可能だと思います。ですから、本当に予定が空いていて、お暇であれば……くらいの気持ちで結構なのですが、如何でしょうか？」

「是非しまんぐっ……！」

即断即決しようとした悠那の口を、千奈津が大急ぎで手で塞いだ。

「んぐ……んーんー？」

「こらこら、勝手に決めないの。お話を伺う限り、ゼータさんの村はかなり遠くにあるんですよね？　そこに辿り着くだけでも、片道でどれくらいかかるんですか？」

「そうですね……私の足だと、どんなに急いでも半日ほどはかかってしまいます。天気もあまりよろしくないので、もしかすれば更にかかる可能性もあるかと」

「往復だけでも2日は要すると考えた方が良さそうですね。実は私達、数日間しかこの国に留まる事ができないんです。一度、私達の師に確認を取ってからの返答になってしまいますが、それでも良いでしょうか？」

2人がスノウテイルに滞在できるのは、あくまでアレゼルが手配した船が到着するまでの期間だ。この街の近隣での狩りなら兎も角、相当の遠出ともなれば話は変わる。一応ゼータは大八魔の関係者でもあるし、千奈津が考える通り、デリスとネルへの報告は必須だろう。

「なるほど、そういう事でしたか。こちらは問題ありませんよ」

「ありがとうございます。では、今からでも――」

「んー……」

「あっ！　ご、ごめんなさい、口を塞いだままだったわ……」

悠那の口が解放された後、３人はデリス達がいる宿へと向かうのであった。

◇　◇　◇

「は？　そんな山奥に？　いや、普通に駄目だろ。天気も崩れてきてるし、船に遅れるぞ」

ハルと千奈津が帰って来るなり、スノウテイルの端っこにまで足を延ばして良いかと聞かれた。もちろん、俺の答えはノーである。腐っても外道でも畜生でも、アレゼルは商人の道で生きるエルフだ。当然、時間管理にはクソうるさい。面倒を起こさない為にも、ここで無理をさせる選択肢はないのである。

「えー、そんなぁ！」

「まあ、ですよね」

ハルと千奈津の反応は両極端だった。「そんな、まさか！」と、さも行かせるとばかり思っていたハル、「ですよねー」と、ある程度はこの展開を予想していた様子の千奈津。うん、今回ばかりは千奈津に分があるぞ、ハルよ。

「あの、本当に無理はされなくて大丈夫ですから。元はと言えば、私が興味本位で声を掛けただけですし」

申し訳なさそうな顔をしながら、２人の間で何とか場を収めようとする白髪白肌の少女。えっと、どちら様？

「その子は？」

「この討伐依頼を持ち掛けてくれたゼータさんです。えっと、ごにょごにょ――」

ハルに事のあらましを耳打ちされる。何々、スノウテイルの勇者で大八魔ゼクスの関係者とな？……マジで？　ちょっと待って、ネルとお話タイムするから。

「どうする？　何か面白そうな娘が出てきたけど」

「どうするも何も、デリスが興味持っただけでしょうが……船が来るのは明後日なんでしょ？　今から出発させるにしても、千奈津達の足じゃ正直ギリギリでしょうね。私だけなら余裕だけど」

「……悩むくらいなら、アレゼルと交渉した方が建設的か。あいつ、ハルの事をかなり気に入っているし、頑張れば無理も通るかもしれない」

「ハァ、デリスの悪い癖ね。分かったわ、もしもの時は私も貴方の肩を持ってあげる。その……それも妻の役割な訳、だし？　それなら、流石のアレゼルも分が悪いって分かるでしょ」

「お前……本当に可愛いなぁ」

「きゅ、急に何よ？　もう……」

あ、そろそろ千奈津が、こいつら急に何いちゃつき始めてんだ？　みたいな顔になってきてる。

「あー、結論から言うとだな……モンスター討伐、許可します！」

「えぇっ!?」

「本当ですかっ!?　やったぁー！　ゼータさん、これで一緒にモンスターを殺っちゃえますよ！」

「い、良いんでしょうか？　私としては嬉しいのですが……いえ、とても嬉しいです。ハルナさん、チナツさん、一杯白猿を殺りましょうね」

君ら、言い方、言い方。

◇　◇　◇

ハル達を行かせる事が決定したとしても、行先くらいは確認しておかなければ。という訳で、手持ちの地図を取り出し、大よその場所をゼータとやらに聞いてみる。

「私の村はこの辺りですね。スノウテイルの東端、その山麓にあります」

「予想はしてたけど、やっぱ結構な距離があるのな……ま、遭難しないよう気を付けるように」

「あの、デリスさん。本当に良いんですか？　さっきまで、全然乗り気じゃなかったのに……」

千奈津が意味が分からないといった様子で、俺の肩を揺する。千奈津神、あまり俺の頭をガクンガクンさせないで。首が、首が。

「さっきまでは、な。今の俺は全面的に協力モード。こんなか弱い女の子を１人で行かせるような、薄情な俺じゃないぞ？」

「いえ、そんな戯れ言は微塵も聞いてませんから」

ちょっと千奈津、言い方、言い方！　戯れ言っておい！

「デリスさんって面白い方なんですね」

「そうなんですよ。師匠はジョークも得意なんです」

「ハル、お前もか……少しオブラートに包まれてる分、まだマシだけどさ……」

「デリス、話が逸れてるわよ」

「ああ、そうだったそうだった」

　なぜ俺の真摯な態度が伝わらないのかは全くの謎であるが、信じる信じないに関わらず、俺のやるべき事は変わらない。一にアレゼルとの交渉及び説得、二にこのモンスター討伐をハル達にとって有益なものとする事だ。ハルの話じゃ、噂の白猿はレベル5でしかないらしい。ただ戦うだけじゃ、時間を掛けて遠征させる意味がない。

「ハル、その白猿を倒しに行く期間、お前に手枷と足枷を施す」

「枷、ですか？」

「枷といっても、物理的なもんじゃないぞ。俺からの注文みたいなもんだ。良いか？　遠征中、武術や杖術といった接近戦、肉体言語は一切禁止、魔法のみでモンスターを討伐して来い」

「え、ええっ!?」

「あ、それ面白そうね。チナツ、私からもオーダーよ。貴女は逆に、魔法の使用を一切禁止。剣の腕だけで両断して来なさい」

「なるほど、制限ありでの戦闘という訳ですか……」

　そう、今回の戦いではハルの合気が使えず、千奈津は回復魔法が禁止される。いつもとは前後逆の立ち位置、逆の役割を担って行動しなければならないのだ。敵のレベルが5であれば、それでも倒すだけなら余裕だとは思う。しかしこの過酷な環境下であれば、行軍中も油断は決してできない。些細なミスも、大きな支障に繋がってしまうからだ。これならアレゼルに預ける前の準備運動としては、まあちょうど良いもんだろ。

ゼータの実力は、そうだな、恐らくはレベル7で、実力的にはハルと千奈津にかなり近いと予想。ゼクスめ、良い弟子を育てているではないか。彼女の実力ならば、余程の事がない限り足並みを乱す事はないだろう。戦闘面での心配は現状、殆どする必要なし。それよりも、迷子になって遭難しないかが心配だ。まあ、しっかり者の千奈津がいるし、地元民のゼータもいるから大丈夫だとは思うけど。

「あ、そうだ。刀子ちゃんも誘って良いですか？」

「そういえば、宿で留守番してた筈ですよね？　刀子、全然見当たらないけど……」

「トーコさん、ですか？　その方もご一緒に行けるだけの腕をお持ちで？」

「はい！　私や千奈津ちゃんと同じくらい強いので、全然問題なしです！」

「それが問題大ありなんだよな～」

「え？」

「口で説明するより、直接見た方が早い。これを見ろ」

ガラリと、隣の部屋に繋がる扉を開けてやる。そこには——

「「すやー……」」

――仲良くベッドで横になる、師匠リリィヴィアとその弟子刀子がいた。２人とも、隣で俺達が会話していようと全くお構いなしに、すっかり熟睡しておられる。

「師匠、これは……お昼寝ですか？」

「とても惜しい。睡眠学習中だ」

「惜しいんだ……」

ああ、これはただのお昼寝とは似て非なるもの。あいつらは一見だらけているようにしか見えないが、その実、サキュバスであるリリィの能力を応用して、夢の中で厳しい鍛錬を重ねているのだ。俺視点じゃ夢の中を覗く事はできないが、あの刀子の苦し気な表情を見るに、相当のものをやっているんだと窺える。一方のリリィヴィアが凄く楽しそうでそこだけは気に食わないけど、まあそこはリリィヴィアだし。

「つう訳で、刀子はこのまま宿で留守番だ。鍛錬の邪魔をしたら悪いしな」

「それと、一応の期限を設定しましょうか。目的地への往復、対象モンスターの殲滅、全部込み込みで明後日のこの時間までに済ませなさい。できなかったら、移動中の船の中で罰ゲームね♪」

「ぜ、全力を尽くします……」

「頑張ります！」

「え、えっと、ご迷惑お掛けします？」

罰ゲーム、船が落ちない内容にしてほしいな……しかしこのゼータって子、本当にゼクスんとこの所属なのか？　その割にはテンション低いし、普通に良い子っぽい。

「それじゃゼータさん、うちの弟子達をよろしく頼むよ」

「いえ、よろしくお願いするのは私の方です。こちらこそ、よろしくお願い致します」

「……あのゼクスから、こんな良い子ができるもんなんだなぁ」

「デリス、その台詞そっくりそのまま引用して言われてない？」

「ははっ、よく言われる！」

取り敢えずハルを挨拶させると、俺に矛先が向く感じだ。こんなにも紳士なのに、世の中おかしいよ。

「あの、デリスさんはゼクス様とお知り合いなのですか？」

俺が世のあり方を憂いていると、ゼータがそんな疑問を口にした。

「んー。俺の知り合いでもあるけど、俺の旧友の取引相手って意味合いの方が強いかな？　ま、ゼクスの作ったものには普段からお世話になってるよ。これから乗る予定の船だって、開発したのはゼクスだ。君みたいなできた弟子がいるってのは、今日初めて知ったんだけどな」

「で、弟子だなんてとんでもない！　私は歯車の一つみたいなものでして、そんな大層なものではありませんよ！　私はただ、ゼクス様のお役に立ちたいだけですし……」

「そ、そうなのか。なるほどね」

何だかよく分からないが、凄まじい情熱を感じる。あいつ、本当にこの子に何をしたんだ？　両親を人質にでもしているとか？

「それでは師匠、時間もありませんから、もう出発したいと思います」

「ああ、お前らなら食料も道中で確保するだろうし、そのまま向かっても問題ないだろ」

「チナツ、一番多く狩りなさいよ？　今回は前衛な訳だし、楽勝よね？」

「うう、凄いプレッシャーが……」

少し前まで優しくしていた反動、今来てんのかね？　飴と鞭なら、まだ鞭の割合が多い気もするけど。船の破壊はマジで勘弁してほしいから、その辺は後でしっかりネルに言っておこう。

「いってきまーす！」

「できるできる、私はできる……」

「お邪魔しました。では」

元気にハルが、多少不安な感じの千奈津が、お行儀の良いゼータが宿を出発する。うん、千奈津神がちょっと心配。

「あら、今回は追い掛けないの？」

「大八魔が相手な訳じゃないし、今回はハル達に任せるよ。『鷹目の書』で状況確認くらいはするけどさ、俺だってそこまで過保護じゃないぞ」

「ふーん……寒いのが嫌だから、じゃなくて？」

ギクッ。

◇　◇　◇

街を出た悠那達は、目的地である廃村に向かって東へと進む。しかし、空模様は明らかに崩れ始めており、これからを考えると何とも幸先の悪いスタートであった。

「あの……今のうちにお互いの戦闘スタンスについて、確認しておきませんか？」

道中で襲い掛かって来たホワイトブリッツウルフを片手間に叩き潰しながら、ゼータが2人にそう提案する。同じく片手間に刀で両断する千奈津と、倒した獲物を解体する悠那が、ああ、そういえば。といった様子で頷いた。

「そうですね。今のところは何の問題もないですけど、いつ強敵と出くわすか分かりませんし、連携できるようにしておきたいです」

「では、私から。見ての通り、私はこの大剣を扱う剣士です。得意なのは接近戦ですが、雷系統の魔法もある程度嗜んでいますので、遠距離からの戦いも苦手ではありません。また、この義手と義足も戦闘用に補強されていまして、幾つかギミックが搭載されています。生身よりも頑丈な為、これで殴るだけでも強力です」

ゼータは左手の義手、その手の甲からナイフを表に出してみせ、そのまま白狼の眉間に突き刺した。これが彼女が持つ武装の一つなんだろう。

「か、格好良い……！」

「ふふっ。ハルナさん、なかなか見る目がありますね」

そして満更でもないようで、頬を赤らめている。

「思ったんですけど、その大剣もゼクスさんが製作したものなんでしょうか？　その、とても前衛的なフォルムをしていたので」

「チナツさんも素晴らしいセンスです。審美眼があると言わざるを得ません」

「ど、どうも……」

ゼータは語る。この大剣はゼクスより賜ったものであり、自身の雷魔法と連動してその剣身に電撃を走らせ、威力が当社比2倍に膨れ上がる優れもので、更には変形も可能な革新的技術を――取り敢えず、凄いらしい。

「あっ、す、すみません。つい熱くなってしまいまして……」

「いえ、その剣にとことんロマンを追求しているって事が、とってもよく分かりました。良い仕事です！」

ビシッと親指を立てる悠那に、ゼータも同様のサインを返す。村娘とはロマンを追い求めるものなのだ。

「コホン。次は私で良いかしら？　私の職業は僧侶なので、光魔法による支援が得意……なんですが、師匠の指示により今回の旅路では、魔法が全面的に使用できません。その代わり、剣の心得があるのでゼータさんと同じく、前衛として役立ちたいと思います」

「ええと……失礼ですが、僧侶なのに危険の多い前に出て大丈夫なのですか？　私だけでも何とかできますので、あまり無理はしない方が――」

「――いえ、前に出ない方が恐ろしいんです。その、帰ってからが……」

それは千奈津にとって、とてもとても切実な問題だった。

「ゼータさん、千奈津ちゃんの腕は確かです。私が保証しますよ。ちなみに私は、見ての通り魔法使いです！」

ドッガン杖を取り出し、ガシャンと肩に担ぐ悠那。

（……魔法使い、なんでしょうか？）

巨大な戦斧にしか思えない漆黒の塊を出されると、どう控え目に見ても戦士職にしか見えなかった。

「悠那、ドッガン杖を使うのは禁止でしょ？」

「あっ、そうだった！　ゼータさん、今のはナシでお願いします。私、魔法使いらしく魔法で頑張りますので！」

　そう言って、ポーチの中からズッシリとした鉄球を取り出す悠那。

（魔法使い、なんですよね……？）

　それは魔法使いが占いで扱うような水晶とはまた別物であり、どう控え目に見ても砲丸投げの選手にしか見えない。

「あの、ハルナさんはどういった魔法を？」

「闇魔法を使います。煙幕や毒を生成して敵を邪魔したり、投擲で狙撃もできますよ」

「な、なるほど……？」

　投擲の魔法使い、本領発揮である。

「悠那、それは使って良いの？」

「ドッガン杖と肉弾戦は禁止されたけど、投擲は禁止されてないよ？」

「う、うーん。まあ、それはそうなんだけど……」

　確かに鉄球に魔法を施して投じれば、それは魔法と呼べる。

（だけど、これってデリスさんの指示忘れなのじゃ……？）

　そう思うも、むふーとやる気に満ちた表情を見せる悠那に、それ以上指摘する事ができない千奈津。事実上魔法（物理）が解禁された瞬間であった。

「兎も角、お話の通り私とチナツさんが前衛に、ハルナさんが後方から支援をする形でよろしいでしょうか？」

「賛成です！」

「私もそうして頂けるとありがたいです。ええ、本当に……」

　基本方針が定まると同時に、ズバッと千奈津の刀が最後のホワイトブリッツウルフを仕留めた。たまたま2つの白狼集団とかち合ってしまい、数こそは脅威だったものの、全員が片手間に無傷で迎撃を終える。

「お見事です。なるほど、納得の剣筋でした」

「はは、そんなに持ち上げないでくださいよ。さて、剝ぎますか」

「ほーい」

「……あの、本当に魔法使いと僧侶、なんですよね？」

　2人の逞しくも繊細な解体振りは、狩りに慣れ親しんだゼータをも驚かす仕事振りだったという。

　3人の旅は順調だった。急造とは思えぬ連携で、出現するモンスターを物ともせずに討伐。それと同時に、食料となる肉も大量確保。ゼータの案内もあった為、道に迷う心配も

ない。後は期日までの時間との勝負、悠那達は今も元気に歩みを進める——筈だった。

「わー、辺り一面真っ白だねー」

「そうね。視界全部が真っ白ね」

「困りましたね……」

あと少しで廃村という山中で、3人は猛吹雪に遭遇してしまったのだ。歩みを進めるどころか1メートル先も見通せず、寒い、痛い、白いがまとめて襲い掛かる。分かりやすく言えば遭難中、下手をすれば逸れてしまう可能性も出てきた。

「この中で廃村を目指すのは、流石に無謀ね……」

「予定より遅れちゃうかもだけど、これは仕方ないよ。かまくらでも作る？」

「それは最終手段よ。ゼータさん、近くにこの吹雪を遮ってくれそうなものはありませんか？　一旦、どこかに避難しましょう」

「この辺りだと、そうですね……もう少し先に進んだところに、洞窟があった筈です。ただ——」

「なら直ぐ向かいましょう！　寒くてまつ毛まで凍ってきちゃいました……！」

「……そうですね。逸れぬよう、手を繋いで行きましょうか。あ、私の左手は金属なので、直接触らないように注意してくださいね。この極寒の中、生身で触れてしまうと、皮膚が酷い事になってしまいますので」

「み、右手でお願いします……」

悠那達は手を繋ぎつつ、先頭のゼータが示す方向へと進み続ける。白を掻き分け、白を踏み締め、白の先を追い求めて。もはやどこを見回しても雪しかない。

「見えてきました。あそこです」

「えっ、どこ?」

「あ、本当だ。結構な大きさの洞窟がある」

「うう、白色しか見当たらない……」

目標を捉えた悠那とゼータは、未だ白の迷宮を彷徨う千奈津の手を引っ張り、やっとの事で洞窟へと辿り着いたのであった。穴の中は灯りこそなかったものの、外の雪が入ってくる気配はない。

「ふいー、寒かったぁ」

「でもこれで、一先ず安心ね。吹雪が弱まるまで、ここで待つとしましょうか」

「そうだね。うーん、焚き火くらいは準備したいね。良い感じに燃えそうなものは――」

「あの、座って休憩しているところ、申し訳ありません。一つだけ、まだお伝えしていなかった事がありまして……」

ゼータが心底申し訳なさそうに、少しだけ手を挙げた。

「ここ、ホワイトバスターベアの巣なんです。まずは巣の主を討伐しないと、危険かもしれません」

「「え？」」

悠那と千奈津が声を発した瞬間、奥の闇からギラリと輝く2つの目が浮かび上がった。ズシリズシリと音を立てて向かってくる大型の獣が、低い唸り声を発している。

「あー、そういう……」

「わあ、良い感じの毛皮！　これで寒さも凌げます！」

◇　◇　◇

暗闇の中から姿を現すホワイトバスターベア。全身モコモコのファンシーな毛皮とは裏腹に、その面構えは凶暴な獣そのもの。自身の巣に無断で立ち入られた怒りからか、明らかに悠那達を歓迎している雰囲気ではなかった。

「ホワイトバスターベアはその屈強な腕と鋭い爪を使い、岩を砕いて巣を作るとされています」

「ああ、なるほど。だから体格に合わせて、こんなに広々とした洞窟だったんですね」

「ん？　このモンスター、ギルドの手配書にあった個体かしら？　右手首に傷跡がある」

しかしながら、その怒気はいまいち悠那達に伝わっていない。マイペースに雑談する様は、宛ら女子高生の休み時間。自らの姿に臆さない人間。そんなものを目にするのは、ホワイトバスターベアにとって初めての経験だった。

「フゥー……！」

　下手なモンスターであれば、それだけで裸足で逃げ出す威嚇行動。ホワイトバスターベアが鼻息を荒くしながら地面を叩けば、寝た切りの老人だって飛び起きると言い伝えに残されているほどだ。

「ギルドで妥協して受けようとしてた、あの依頼？　そんな事、書いてあったっけ？」

「難易度が高い依頼ほど、備考欄に記される補足情報も多いものなの。悠那も今度からちゃんと確認しなさい。既に何人か犠牲者も出ていた筈よ」

「な、なるほどー」

「では折角ですし、傷跡のある右腕を証拠として持ち帰りますか？　これ以上の犠牲者が出る前に脅威を排除するのも、私達冒険者の仕事です」

「毛皮は防寒具や燃料に、肉は食料の備蓄に、あの鋭い爪なんかも売れそうですね。わあ、捨てるところがないや！」

「フゥ、フゥー……！」

　眼前の冒険者達は、熊の威嚇なんて聞いちゃいなかった。あれはこうしよう、そこはどうしようと、既に素材の利用法の検討段階に入っている。

「――では、熊鍋で良いですね？」

「大方問題ないかと。手の部分は食材として高値で売れますので、食べるにしても街で調理した方が良いと思います」

「あ、熊の手ってこっちでも高級食材なのね。うーん、私はちょっと抵抗があるかな……」

「肉球の部分が美味しいですよ？」

「うん、肉球の部分が美味しいですよね！」

「何で悠那も知ってるの!?」

　悠那とゼータがよだれを垂らしているのを見て、今更ながら命の危険を感じ取るホワイトバスターベア。同時に彼が底知れぬ恐怖をも受けてしまったのは、過酷なスノウテイルの大地で強者の地位にいて、今まで苦戦を強いられた事がなかったからこそか。

「肩慣らしに、私が行っても良いですか？」

「私は構いませんよ。チナツさんの解体技術なら、上手く捌いて頂けそうです」

「それなら、私は火を熾す準備をしておくね。ええと、確か鍋もポーチに入れておいた筈……」

　逃げるにしても、巣の出入り口は悠那達に塞がれている。何よりも巣の奥には――ホワイトバスターベアは覚悟を決めて、臨戦態勢へと移行。そしてけたたましい叫び声を上げると同時に……千奈津に首を飛ばされた。

――ズゥン……！

血飛沫が壁や天井を血色に染め上げる。白き巨体は少しの間ふらふらとふらつき、全身を地面に叩き付けるようにして沈んだ。

「うん、やっぱり量産品よりも切れ味が良いわね」

血振りの後にしっかりと刀身を布で拭う千奈津。

「その刀って、ネルさんのプルートを借りる前に使ってたやつだよね？」

「そ、最初にヨーゼフ魔導宰相から贈られたものよ。師匠が発注した新しい武器はまだ時間が掛かるみたいで、今回の旅には間に合わなくって。その間に合わせとして使わせてもらってるの」

「へ～」

「ほ～」

まじまじと千奈津の刀を眺める2人。興味津々である。

「な、何？」

「いえ、間に合わせにしては良い得物だと思いまして。ホワイトバスターベアの頑強な首を一撃でしたから。チナツさんの腕は確かですが、この得物も確かな切れ味ですね」

「千奈津ちゃんらしく、手入れも完璧だなと思って。これなら相手がフンドさんでもない限り、バッサバッサだね！」

「ゼータさんは兎も角として……悠那、それってフラグって言うんじゃなかったっけ？

もしかして、分かってて言ってる？」

「うん。強い敵が出てくる分には積極的に立てようかと」

「そ、そう……」

確信犯だった。労せず強い者が出てくる可能性が高まるのであれば、悠那は積極的にフラグを立てていくタイプである。

「――クゥー」

「うん？　今、何か音がしなかった？　というか、したよね？」

「したわね」

「しましたね」

カチャリと、千奈津は鞘に戻した刀の柄に手を置く。３人の中で聞き間違いだったのでは？　なんて意見は微塵もなく、互いに頷きながら巣の奥の調査に赴く事に。夜目の利く悠那は例外として、これ以上進むのであれば灯りは必要不可欠。千奈津はホーリーエンチャントの魔法で刀の刀身に光を宿し、それを光源にして奥へと進み出した。

「っと、思っていたよりも浅かったね」

が、洞窟の奥には思いの外早く辿り着いてしまった。少し進んで、一つ角を曲がって直ぐの事である。巣の最奥は通路よりも一回り大きな空間となっていて、木の葉などが寝床として集められていた。そして、そこにはいたのは――

「――モンスターの子供、か」

先ほど討伐したホワイトバスターベアの子供と思われる、子ホワイトバスターベア。所謂、子熊であった。

「依頼書にやたら凶暴だとは書いてあったけど、子連れの親熊だったからなのね……」

「チナツさん、よくそこまで覚えていますね。凄いです」

「今日目にしたばかりだったので、記憶に新しいだけですよ。これくらいは当然です」

「うう、耳が痛いよー……」

基本的に悠那が見ていたのは、レベルとモンスターの名前だけだった。

「一応聞きますけど、どうします？　この子熊」

「今のうちに倒すべきでしょうね。見たところ、親離れする直前にまで成長しています。このまま見逃したとしても、親なしで生きていけるでしょう。そうなれば、再び人を襲うかもしれません」

「私もゼータさんの意見に賛成かな。ほら、あそこ」

悠那が指差す方向には、何かの骨らしきものが積み重なっていた。大部分は他のモンスターのものであるのだが、よくよく見れば人骨らしき骨も交じっている。

「もうこの子、人の味を知っちゃってる。ゼータさんの言う通り、ここで倒しておかないと危険だよ。親を殺されて恨みを持って、また人を襲うかもしれない」

「クゥー……！」

　2人の視線を受けた子ホワイトバスターベアは、その意図を理解してか毛を逆立たせて唸った。

「……ふう。見た目が少し可愛らしいだけに、ちょっとやるせないわね」

「千奈津ちゃん、この場合は可愛いとか見た目は関係ないよ。そんなものは二の次、第一にはこの国に住む人の事を考えなくちゃ」

「悠那は結構シビアよね……ううん、そうじゃないわね。分かってる。悠那が正しいのよ。可愛いから殺すな、だなんて、無責任な考えでしかないもんね」

　千奈津は静かに刀を構え、目の前のモンスターを確実に仕留めた。せめて安らかに死ねるよう、一撃で。

「こういうところ、とことん弱いのよねー。悠那に追い付く道、本当に茨の道だわ……」

「そうかな？　私は逆に千奈津ちゃんのそういうところ、とっても大事だと思うけど？」

　悠那が調理した鍋を囲みつつ、3人は焚き木で身を温める。大型の熊を食べるには下処理に時間を要する為、今食べているのは道中で入手した狼肉だ。口に入れればホロリと肉が解れ、旨味成分が溢れ出す。即席鍋とは思えぬほどの美味さは、つい先ほどの葛藤を緩和してくれた。

「ハルナさんの料理の腕、実に素晴らしいです！　何ですか、これ？　何なんですか、これっ!?」

「おかわりもたんとありますよ～」

「おかわり、お願いします！」

夢中になって食べるゼータの食欲は、備蓄していた食料に猛烈なアタックを仕掛けていた。ここに悠那も加わって、恐らく狼肉はここで底を尽くだろう。この血生臭い場所でよく食べられるなぁと感心しながら、千奈津は洞窟の外を見る。外は相変わらず吹雪が猛威をふるう銀世界、止む気配は一向にない。

（これは時間的に不味いかなぁ……うっ、胃が……）

メンタルが強くなりたい。切にそう願う千奈津は、デリスから貰った胃薬を飲むのであった。

◇　◇　◇

荒れ狂う吹雪の中、ホワイトバスターベアの巣に避難して数時間が経過した。日が落ちて空が暗くなってからも天候は変わらず、未だ外には出られそうにない。

「吹雪、弱まるどころかもっと強くなってきてるわね……夜に進むのも危険だし、今日はこのまま野宿かしら？」

「そうした方が良いですね。チナツさんの言う通り夜は昼よりも冷えますし、視界も悪くて危険ですから。この状態で夜行性のモンスターと出遭うのも、できれば避けたいところです」

「思わぬところで足止めを食っちゃったねー。明日の朝天気が良くなれば、まだ間に合う可能性はあるけど……」

悠那達がデリスとネルから与えられた猶予は、明後日の昼頃までだ。これからゼータの故郷である廃村に赴き、白猿を探し出し、討伐して帰還する。まだ不可能ではないが、かなりギリギリの状態である事には変わりない。

「時間があったお蔭で、手持ちの肉の下処理は全部終えられたけど……この量じゃ朝ご飯まで持つかどうか、ってところかな」

「すみません。私も食べ過ぎてしまいました」

「安心して、ゼータさん。悠那はもっと食べてたから」

「うー、我ながら自分の料理の腕が恐ろしいです……」

あれだけ狩って貯めていた備蓄の食料（肉）も、悠那とゼータの消費量を考慮すれば残りが心許ない量となっている。時間もそうだが食料確保の面から考えても、明日は直ぐにここから動き出したいところだ。

「明日の天気は神様次第ね。考えても仕方ないし、今日のところは休んでおきましょうか。洞窟の中は焚き火と防寒具でむしろ暖かいくらいだし、寝ても大丈夫だと思うわ」

「あの、千奈津ちゃん……できればなのですが、寝る前に私のお勉強に付き合って頂ければなぁと……」

　ポーチから取り出したのか、悠那の両手には勉強道具が積まれていた。どうも今は、日課の勉強の時間らしい。

「いえ、今日は止しておきましょう。悠那の場合、頭を使う方がエネルギーの消耗が激しいでしょ？　曲がりなりにも雪山を登って来たばかりなんだし、体力は温存した方が良いわ。お腹空くだろうしね」

「むむっ！　うん、それなら仕方ないね！」

「……やけに嬉しそうね。何となく理由は察せるけど」

　いつも愚直で諦める事を知らない悠那であるが、千奈津のように正しい方向に諭し導いてやれば、ご覧の通り行動を修正してくれる。まあこの場合、勉強をしなくて良い口実を手に入れただけ、とも取れるが。

「あの、いざとなればゼクス様より支給された『ちょこばー』なるものがあります。緊急時に限り関係者以外にもお渡しできるので、食料に関してはそこまで心配なさらないでも大丈夫ですよ。私基準でも、一日二日はもつ量がありますので」

「なっ……!?」

「あ、それならお言葉に甘えたいと思います。悠那、さっき凄い勢いでしまった勉強道具、もう一度出して。徹底的に、満足がいくまで教えてあげるから」

「ハルナさん、ガンバです」

これが生き甲斐とばかりに笑顔になる千奈津と、拳を固めてエールを送るゼータ。悠那はそれらを、苦笑いを浮かべながら受け止める。

「うう、頑張ろう……」

ゼータの厚意は100%善意に依るもの。されど、悠那にとっては本日最大の試練となるのであった。

◇　◇　◇

「……これ、間に合うか？」

「ギリギリだったところが、更に微妙になったわね。天気は一向に回復しないし、うーん……」

俺とネルはテーブルの上に広げた『鷹目の書』を眺めながら、腕を組んでうんうんと唸る。ハル達のいる雪山を襲うブリザードは俺達の宿泊するこの街にまで達し、この嵐が去るまで外出しないようにと、国からお達しが出るほどの事態になっていた。最悪のタイミングで嵐が来てしまったというか、完全に判断を見誤った。

「逆にこれってチャンスじゃないの？　この天気なら、アレゼルが手配した船も遅れたりしないかしら？」

「どうだろうな……あいつ、商人になって意地でも契約を守るようになったから、無理をしてでも時間通りに来る気がする。ついでに俺らにも強要しそうな気がする」

　そういうところは実にブラック、クワイテット商社。

「どうする？　何なら、私が嵐をぶっ飛ばすけど？」

「無暗に自然現象を荒らすのは止めとけって。悪化した時が怖いわ」

　ネルの火力なら、自然に抗う事がマジでできてしまうから恐ろしい。やった後の始末が、俺に回ってくるのが主に恐ろしい。

「ご主人様～、何をそんなに難しい顔をされているんです～？」

「ん？　ああ、リリィか」

　この時間まで全く起きる気配のなかったリリィヴィアが、目を擦りながら隣の部屋から現れる。真昼間から刀子の育成に勤しむのは良い事だが、あんだけ寝たら夜に眠れないだろうに。

「ネルも難しい顔しちゃってますね～。歳も歳なんだから、顔のしわが目立っちゃいますよ？」

「うふふ、表に出なさい」

「おい、止めろ」

ネルが笑顔で外に親指を向け始めたので、これを全力で止める。吹雪と炎の乱舞なんて見たくないぞ……

「お前が寝ている間に、こっちは色々あったんだよ。随分と長引いていたようだけど、そんなに熱中してたのか？」

「あっ、そーなんですよ！　トーコちゃん筋が良くって、ついつい私も余計な事まで教えちゃって～」

「いや、余計な事は余計だろ」

「まあまあ、これならご主人様も満足な仕上がりだと思いますよ？　ほら、トーコちゃん」

リリィが先ほどまで寝ていた部屋の方に手招きをして、刀子を呼んだ。すると扉が、静かに少ーしずつ開いていき――

「うう、もうデリスの旦那のとこ以外には嫁に行けない……」

――めっちゃ涙目な刀子が出て来た。

「お前ら何の鍛錬してたの!?」

「ありとあらゆるプレイに適応できる為の、超絶イメトレに決まってるじゃないですかっ！　何なら直に体験してみますか？　私が仕込んだだけあって、テク自慢の部下にも引けを取りませんよ～。今なら私もセットで付いてくる特典付き！」

「リリィ、やっぱり貴女表に出なさい。今直ぐ出なさい」

「え、普通に嫌ですよ。何であんな吹雪いているところに行く必要があるんですか？　ネルったら、遂に呆けちゃったのでは？」

「……（ニッコリ）」

「ネル、待て！　気持ちは十二分に理解してるが、頼むから待ってくれ！　宿から追い出されたら、この雪の中でサバイバルだから！　リリィもそれ以上煽るような事を喋るな！」

ネルの両腕を全力で押さえ、必死に説得する俺。ぬう～っ、相変わらずの馬鹿力め……！　愛の言葉でも囁いてやろうか、この野郎。

「大丈夫よ、デリス。その時はかまくらでも作れば良いわ。昔、ガルデバランの奴らに作らせた事があるの。それはもう見事な一品が出来上がったから、命令するのには自信があるわ」

「かまくらは最終手段だから！　それに命令ってお前、ガルデバランの奴らが作り方知ってて、必死に作っただけだろ!?」

その後、ネルの耳元で色々と呟く事で、宿は事なきを得た。それまで不機嫌だったネルはすっかりご機嫌となり、雪国らしく耳から頬まで真っ赤に染まっている。

「ネルってば、本当にちょろいですね～」

「ふふん、今の私には負け犬の遠吠えにしか聞こえないわね」

この余裕よ。もっと早く囁いてやれば良かった。

「リリィ師匠……俺もどっちかっつうと、純愛の方で押していきたいっつうか……」

「それは無理よ。だって私、この方法しか知らないし。その昔、ご主人様と一夜の過ちがあったのも、酒で押せ押せした成果な訳だし！……あっ」

「ちょっ!?」

「えっ？」

「……は？　デリス、その話初耳なんだけど？……なんだけど？」

「いや、これはだな、実際問題俺も記憶がないというか――」

ハル、千奈津、早く帰って来て！　俺が死ぬ前に帰って来てっ！

――修行53日目、終了。

――修行54日目。

ホワイトバスターベアの巣にて野宿し、一夜が明けた。空は清々しいまでに晴れ渡っている。昨日の猛吹雪が嘘のように、今日は雲一つない絶好の登山日和。白しかなかった景色に空の青と太陽の光が加わって、ちょっとした遊山気分になってしまう。

「んー……」

「これで良し、と。悠那、そろそろ出発するよーって、どうしたの？　珍しくボーッとして？」

千奈津が荷物をまとめ出発の準備をしていると、空を眺めながら首を傾げている悠那の姿が目に入った。いつもであれば、軽い筋トレでもしていそうなものなのに……と、千奈津は疑問を投げかける。

「あ、千奈津ちゃん。昨日の夜ね、誰かの助けを求める声がしたような、そうでもないような気がしてさ。千奈津ちゃんには聞こえた？」

「誰かの声？　ええっと、私やゼータさんの寝言って意味じゃなくて？」

「ううん、たぶん男の人の声。それも、かなり師匠に似ていたと思うんだよね。千奈津ちゃんの『加護』スキル、何か反応していなかったかな？」

「このスキル、基本的に私しか対象にならないから、デリスさんに何かがあったのかまではちょっとね……」

「そっかー。うーん、私達が悩んでも仕方ないかなー」

「チナツさん、ハルナさん、お待たせしました。……あれ？　何かありましたか？」

洞窟の奥から、出発準備を終えたゼータが姿を現す。朝目覚めてから、3人は犠牲になった人々とモンスター達、そして熊親子の簡単な墓を、巣の最奥の部屋に作ってあげていた。ゼータは彼女の生まれ育った村の習わしに従って、墓に最後の挨拶をしていたのだ。

「いいえ、師匠は簡単には死なないと思うので、きっと大丈夫です！」

「え？　あ、あの、話の流れがよく分からないのですが……危篤なんですか？」

「ゼータさん、あまり深く考えないでください。恐らく、悠那の思い過ごしなので」

デリスの苦境が思い過ごしかどうかは別として、悠那達は漸く洞窟から出発する事ができた。元々目的地である廃村の付近にまでは来ていた為、そこからの道のりは比較的短いものだ。

途中、例の如く悠那達に襲い掛かる不幸な肉食型モンスターを狩って食料の備蓄に回しつつ、山を登る事約1時間。純白のキャンバスに印した足跡に、見慣れぬ形のものが出始める。人型の何者かが残したものだと思われるのだが、それは靴底の形をしていなかったのだ。

「白猿が残した痕跡でしょうか？　足跡だけでも、かなりの大きさですね。40……いえ、50センチはありそう」

「わー、私の足の倍以上あるよ。ビッグフットみたい」

　その巨大な足跡は、悠那達が目指す方向へと向かっていた。つまりは廃村への方角である。

「白猿のものでしょうね。記憶は朧げですが、大体このくらいのサイズだったように思えます」

「了解です。周囲を警戒しつつ、村へと向かいましょう。悠那は禁止事項を踏まえて、前に出ないように注意して」

「オッケー。千奈津ちゃんも間違って魔法を使わないようにね」

　足跡を追って更に先へと進んで行く。すると、今度は明らかに人が作ったと思われる木製の柵が、その次には3本の木柱で組まれた門が視界に入ってきた。白猿の足跡はその門を潜り、更に先へと続いている。

「……ゼータさん」

「ええ、あれが村への入り口です。本来、あの門の横には村を囲う塀があったのですが……度重なる豪雪で押し倒されたのか、或いはモンスターに破壊されて、扉のない門だけが残ったんでしょう」

「門の3分の1の高さまで雪が積もってるね。あれじゃ歩いて村の中に入るのは辛いかも」

「というか、白猿はよく雪の上を沈まずに歩けたわね……そういうスキルでもあるのかしら？」

白猿が作ったと思われる足跡は、どれも雪を数センチ沈める程度のものだ。体の重みで足を取られたような形跡は見当たらない。

「雪に足を取られぬよう、跳んで行きましょうか？　あの門の上まで行ければ村の全景が見渡せますし、その先にも家の屋根やちょうど良い高さの木があった筈です。……ええと、届きそうですか？」

「私は『空蹴』がありますから、全然問題ないですよ」

「あそこまでなら、私も助走なしの跳躍で何とか届きそうですね。それでいきましょう」

「決まりですね。では、私が先行します」

背の大剣の柄に右手を添えながら、ゼータが大きく跳躍する。山なりになるよう跳んだ為、最も高い時には門よりも遥かに高い位置へと到達。この時点でゼータは、廃村がどのような状態にあるのかを把握する。

――トン。

衝撃を殺した、金属製の義足とは思えないほど静かな着地。それからゼータはその場からジッと動かず、様子を窺う。……モンスターが騒ぎ立てるような変化はこれといって起こらなかった。

（音を立てずに、静かに移動してください）

　安全であると判断したのか、ゼータは門の上に来るようハンドサインで悠那達に指示を出した。悠那と千奈津はこれに頷き、その場で跳躍。ゼータと同様に、絶妙な力加減で門の上に着地する。

（あれ、モンスターがいない？　さっきの足跡も、途中で途切れてなくなってる？）

（一見無人の放置された廃村……だけど、何だろう？　位置はよく分からないけど、嫌な感覚がそこら辺からする）

　悠那と千奈津が思考する通り、村の中にモンスターは影も形もなかった。唯一の手掛かりである巨大な足跡も、村の中央付近で忽然と途切れてしまっている。他の場所にはそれらしき足跡は見られず、綺麗に雪が積もっている状態だった。

「……小声なら問題なさそうですね。予定通り、高所を渡って調査しましょう。地上は怪しい気がします」

「あの足跡、どう見ても不自然ですからね。私の察知系スキルも、下は駄目だって言ってます」

「ふふーん」

「えっと、悠那？　何でそんなに得意気な表情をしてるの？」

　皆がしゃがんで身を潜めている中、スッと立ち上がる悠那。何かを企んでいるのか、腰のポーチをまさぐっている。

「こんな時こそ私の出番だよ。何と言っても私、魔法使いだもん」

笑みを浮かべながら悠那が手に持ったのは、重量感溢(あふ)れる鉄球だった。少なくとも、普通の魔法使いが片手で持つものではない。

「ゼータさん。廃墟(はいきょ)とかその他諸々(もろもろ)、もしかしたら壊れるかもです。それでも問題ないですか?」

「……了解です。ここに住んでいる人はもういませんし、思いっ切りやっちゃってください。チナツさん、私達は接近戦の用意をしておきましょう」

「あー、なるほど……かなり力技だけど、誘(おび)き出すには一番近道かもですね。悠那、ゼータさんはああ言ってるけど、ちゃんと威力の計算はしてね。この足場にまで余波がきたら悲惨だから」

「りょーかい! ワースヴィシェイトをたっぷり注入!」

悠那の持つ鉄球に、黒々かつ禍々(まがまが)しい魔力がこれでもかとばかりに集まっていく。闇魔法レベル100で会得する『ワースヴィシェイト』は、悠那が得意とする毒をもたらす魔法だ。悠那は今、投球フォームに入るのと同時に、この魔法を限度ギリギリまで鉄球に押し込み、魔法使いとしての本懐を果たそうとしていた。

「一球入魂、魔法使い、いきますっ!」

◇　◇　◇

悠那が投じた魔球が、隕石の如く降り積もった雪の中へと潜り込む。次いで鳴り響いたのは轟音、地震にも似た揺れ、魔球を中心に浮かび上がり、四散していく雪片。特に鉄球が落ちた場所は、雪が除かれて地面が露出し、更には結構な陥没まで生じていた。しかし、目まぐるしく変化を生じさせる猛威は、それだけでは終わらない。純白の雪が爆心地より外に向かって黒に染まり、徐々に周囲の雪にまでその色の変化を及ぼしていたのだ。

「雪が……あれは何です？」

「色々な種類の魔法を複合させてはいますが、主にワースヴィシェイトの魔法を込めたんです。これは毒素を分布させる魔法で、何よりも特徴的なのがその侵食性！　触れるもの触れるものに毒の領域をドンドン広めていって、その一打で複数の敵を一網打尽にできたりします！」

「おー……なかなかえぐい魔法ですね」

「それほどでも。でも、今の投擲は敵に当たらなかったみたいですね。毒の感染は続いていますが、時間もない事ですし——では、２投目いきますね！」

悠那の作戦は至極単純。何がそうさせているのかは分からないが、廃村の雪の積もった地面から不穏な気配を感じる。ならば積もった雪ごと魔法で一掃してしまい、ついでに不安要素も一掃してしまおうというものだ。悠那らしい素直な回答である。

ズガンズガンと第2、第3の魔球が放たれ、同様に廃村の地面を叩く。晒け出される地面の面積は着々と増えていき、毒の侵食は更に加速していった。

(雪崩、起きないといいな……)

今更であるが、千奈津がそんな心配をし始める。

——ドゴォーン!

4投目、それまでとは異なる衝撃音が鳴った。同時に、白き雪の中から何者かが飛び出す。

「ウヴォ——!」

「いたっ!」

巨大な体を持ち、凶悪なまでに開かれた口を有する白猿だ。ゼータが話していたモンスターと特徴全てが一致しており、悠那と千奈津は即座にそれが目標とする敵であると判断。

悠那が投じた鉄球が当たったのか、片方の太腕は歪に折れ曲がって変色していた。

「足跡が途中でなくなってたのは、雪の中に潜っていたからだったのね」

「その上で、気配を消す類のスキルを持っていたと。そんなところでしょうか?」

「必要があるのか分からないけど、支援は任せてー」

止(とど)めを刺す為の刀と大剣が抜かれた。千奈津とゼータが門の上から飛び降りて、姿を現した白猿へ迫ろうと構える。が、しかし――

「ウヴァウ！」

「ウヴォルアー！」

「ウヴァヴァ！」

――雪の中から飛び出して来たのは、最初の1匹だけではなかった。千奈津らが飛び降りる直前、鉄球が直撃した白猿が飛び出してから時間差で、廃村の至る場所から他の白猿達が姿を現したのだ。あと1秒でも早く飛び降りていれば、敵陣の真っただ中へ突撃する事になっていただろう。

「うわ、危なかったわ……」

「わあ、この数なら支援も捗(はかど)るかも！」

その光景を目にした2人の第一声は、本当に真逆な感想だった。

「悠那の目が輝いているのは置いておくとして……嫌な予感が疎(まば)らにすると思ったら、あの1匹だけじゃなかったって事なのね」

「少々予想外でしたが、そのようですね。チナツさん、村の右側は任せても？」

「問題ないです。では、ゼータさんは左をお願いします。あと、色が黒くなった雪にも気を付けてください。悠那の毒、見た目通り効きますから」

　黒く染まった雪が次の段階に移行、黒々とした液体へと融解し、ボコボコと怪しげな泡を発し始める。見るからに危険だ。誤ってその液体に触れてしまった白猿は、激痛が走っているのか、とんでもない叫びを上げながら転げ回っていた。

「義足に触れる分には大丈夫ですが、浸透するのは確かに厄介ですね。助言、ありがとうございます」

「あ、そっか。千奈津ちゃん魔法使っちゃ駄目だもんね……ちょっと失敗しちゃったかな？」

「ううん、逆に良い訓練になるわ。それに、師匠の指導よりも大分マイルド。最悪の場合、怒られるのを承知で使っても良いし」

「面目ないです……その時は私がネルさんに謝るね」

「ええ、一緒に謝りましょう」

「お2人とも、本当に仲が良いのですね。ですが、そろそろ時間のようです」

　白猿達は悠那達3人を認識し、明確な敵意と殺意を飛ばしていた。仲間に鉄球を当てられた事が、相当頭にきているようである。

「それじゃ、改めて行きますか」

「はい」

「あ、そうそう。２人とも、どうせならこれに乗ってく？」

「「え？」」

再び２人が飛び降りる直前、今度は悠那から待ったが掛かる。何事かと振り返れば――でっかい蝙蝠が２匹、悠那の頭上になぜかいた。しかも大分デフォルメされていて、全体的に丸っこくて可愛らしい。

闇魔法レベル80で会得、『サックバット』。闇の蝙蝠を形成して、敵に吸血行為を働いてエネルギーを術者に還元するといった魔法だ。但しこの場合、蝙蝠を作り出す段階で大量の魔力を使用した為、通常よりもかなりサイズが異なっている。

「このサイズの蝙蝠達なら、２人を乗せる事もできると思うんだ。私が足場を少なくしちゃったし、上手く活用してくれればなと思って」

「乗るって……そもそも、乗れるの？」

「キィ！」

「わっ、鳴いたっ!?」

「そりゃ蝙蝠だもん。鳴きはするよー」

「あの、本当にそろそろ敵が来そうなんですが……」

戸惑っている時間はない。少し動揺気味の千奈津は恐る恐るといった様子で、ゼータはひょいっとサックバットに乗り込んだ。頭なのか背中なのか判断に困ったが、兎も角乗り込んだ。

「声掛けして指示を出してあげれば、その通りに動いてくれるからね」

「そ、そうなの……えっと、よろしく？」

「義手と義足の分重いと思いますが、よろしくお願いします」

「『ギィ！』」

2人を乗せたサックバットが門の上から飛び立った。千奈津達を乗せながら白猿達の真上を飛ぶ闇蝙蝠達は、苦もなく飛行を続けている。これならば多少飛び跳ねたとしても、問題はなさそうだ。

「各個撃破していくよ。貴方(あなた)が攻撃を回避できる距離で構わないから、ばらけてる敵から狙ってくれる？」

「キィー！」

千奈津の声にサックバットは更なる加速で応え、比較的群れから突出した白猿に向かって行く。千奈津は敵を見据え、刀を下に向けて構え出した。

「私に構わず飛んで！」

そう言い残し、白猿とすれ違う間際にサックバットから飛び降りる千奈津。同時に彼女を認識した白猿は巨腕にて迎え撃とうと、強烈なぶん殴りを放った。

「ハァッ！」

「ヴァッ!?」

だが、毒のフィールドに侵された白猿の動きは非常に遅鈍なものとなっている。こんなものに千奈津が当たる筈がなく、宙にてこれを難なく回避。逆に攻撃に使われた腕を斬り飛ばし、白猿の頭を足場にして盛大に踏み付けた。

悠那の陰に隠れて普段はあまり意識されないが、僧侶の千奈津とて、そのパワーは刀子に迫るものを持っている。白猿が着地の時点で辛うじて生きていたとしても、次の踏み込みは耐えられない。

「ギィ君、行くよっ！」

と、その場で再び跳躍。足場となった白猿を踏み殺して、千奈津は勝手に名付けたギィ君（仮名）の下へと無事に戻る。悠那の魔力を多分に使用したギィ君と千奈津のコンビネーションは、なかなかのものだった。

（……この子、可愛いしちょっと楽しいかも）

鹿砦千奈津、16歳。意外と可愛い系や絶叫系アトラクションが大好き。

千奈津とギィ君が白猿を各個撃破していく一方、ゼータはゼータで白猿と戦っていた。

大まかに左側半分の敵を任された彼女は、蝙蝠の上にて雷魔法を詠唱する。

「エレキエンチャント」

ゼータが携える大剣に電気が巡り、バリバリと紫色の稲妻が刀身に走る。それと同時に、大剣自体にも変化が生じ始めた。彼女の大剣、その刃先をじっと見つめれば、そこに極小の刃がいくつも鎖状に繋がって、高速で回転している事が分かる。纏わり付く稲妻を動力として動かし、ギュルギュルと回転し続ける刃は間違いなく危険な形状をしており、たとえ目で追えようと防ぐ事は敵わない。

「ほわー、チェーンソーみたい」

門の上にて状況把握に努めていた悠那が、ふとそう呟いた。この世界の人間は見た事も聞いた事もないだろうが、日本人である悠那ならば当然それを知っている。というか、アラルカル戦でも似たようなものを見ている。そう、悠那の言う通り、ゼータの武器は大剣でありながら、チェーンソーの特性を持っていたのだ。

「蝙蝠さん、できるだけ沢山敵がいる場所の上を飛んで頂けますか？」

「ギィ！」

ゼータが選んだ場所は千奈津とは逆に、多くの白猿が密集する危険地帯だった。サックバットはゼータの願いを素直に聞き、特に心配する様子もなく要望の場所へと彼女を運ぶ。

「オーケーです。蝙蝠さんはこの辺りを飛んでいてくださいね。では」

白猿達がゼータのいる空へと腕を伸ばすその最中へ、何の躊躇もなくゼータは飛び降りる。躊躇するどころか、大剣から鳴り響く雷鳴の轟きはドンドン強くなっていた。まるで本当にエンジンを搭載させているかのようで、遠目に見れば本物のチェーンソーと見間違えてしまいそうだ。

「ウヴァヴァ！」

「ウヴァー！」

かつてゼータの手足を喰らったモンスター達が、大口を開けながら手に届く距離に来るのを待ち侘びている。今となっては恨みがないとはいえ、自分を餌として認識されるのは生理的に受け付けられないものだ。だからゼータはまず、よだれを垂らす彼らを黙らす事とした。

「素材が欲しいだけなので、大人しく死んで頂ければ幸いです」

轟く大剣を宙にて勢いよく振るうと、チェーン状の刃を繋ぎ留める境目の部分が、紫色に染まった。いや、ただ単に色が変わった訳ではない。小さな刃同士が分離して、更にその境を紫色の雷光が繋ぎ留める事で、チェーンの長さが異様なまでに長くなっていたのだ。

こうなると、チェーンはもう完全に大剣のフレームに収まる長さではなくなっていた。鞭の如くしなり、だというのにチェーンの高速回転は続けられている。ゼータは大剣のチェーンを延長させた上で、返す刀でもう一度得物を振るう。

「ヴァッ!?」

「ヴィッ……!」

するると、電撃の鎖は更なる伸長を見せながら白猿の集団の中へと放出され、紫色の電撃をその全員に浴びせながら肉を抉り、纏わり付くように大小様々な傷口を作り上げていく。白猿が反撃しようにも、その体は悠那の毒で侵され思うように動かない。それ以前に電撃のせいで体が硬直してしまい、指の1本も満足に操る事ができないでいた。ギュルギュルと大剣型チェーンソーの攻撃は続き、白猿達の命が尽きるまで駆動を止める事はない。

「あ、下は毒でしたね。すみません、失礼します」

ゼータは千奈津の真似をしてなのか、白猿の頭をクッション代わりにして地面に着地。しかし彼女の場合、義手義足の重みも相まって、白猿の頭は色々と撒き散らしてしまう結果となってしまった。

「……失敗しました」

義足の靴底が深紅に染まる。失敗したのは仕方ない。どうせならこのまま足場になってもらおうと、ゼータは白猿の頭に足を突き刺したまま、その特殊過ぎる得物を振るい続けた。白猿達が無防備な状態で屠られるこの間、死んで足場と化した白猿を通して、ゼータにも電撃は伝わっていた。が、彼女の義足が電撃を吸収しているようで、それによるダメージは皆無。結局この戦いが終わるまで、千奈津とゼータはダメージらしいダメージを

貰う事なく、無傷のまま戦闘を完了させるのであった。

「お疲れ様～。ゼータさんには、サックバットの支援は必要なかったですかね？」

「あ、ハルナさん、お疲れ様で――そちらも死屍累々ですね」

殲滅が完了して、サックバットに戻ったゼータが悠那の方へと振り返る。悠那は門の方から屋根等を伝って来た訳であるが、どうもそちら側にも白猿は殺到していたようで、門の下には白かった毛を真っ黒にしながら、地面に倒れるモンスターの山が築かれていた。自ら首を掻き毟ったり、色々とやばい症状を出したりしながら死んだようだ。

「攻撃して手伝おうかとも思ったんですけど、逆に邪魔になりそうだったので。門の近くにいたモンスターに雪玉ぶつけて誘導したり、色々とやってました。あ、魔法しか使ってないから、その辺は安心です！」

「何が安心なのよ。まあ、2人とも無傷だったのは、紛れもなく安心要素だけど」

「千奈津ちゃんもおつかれ～。って、あれ？　何だか千奈津ちゃんの肌ツヤが良くなっているような……？」

「き、気のせいよ！」

そう言いつつも、ギィ君を手放そうとはしない千奈津。日頃抱えるストレスを余程発散できたのか、胃の痛みに悩む彼女の影は微塵もなくなっていた。

「さて、と。後は素材回収だけど……この汚染された大地はどうしましょうね？」

「一定時間を過ぎれば、そのうち汚染効果は消えると思うけど――あ、そうだ！」

「ハルナさん？」

突然両手を上げ出した悠那に、２人は何だろうと疑問符を浮かべる。

「重力操作の応用！　魔力察知で私が汚しちゃった部分を確認して、そこだけを集める！」

「ほー」

「かなり大変そうだけど、できるの？」

そんな魔法使いみたいな事が果たしてできるのか、千奈津はちょっと心配そう。ゼータはそれは凄いと、もう感心し切っていた。

「むむむっ……！」

悠那は自身が扱える最上級の魔法、闇黒魔法レベル60で会得する『タイニィホール』を詠唱した。これはミニサイズではあるが、正真正銘のブラックホールを形成する大魔法である。今回は周囲にある全てではなく、自分が対象とするもののみを吸い込むのが目的となる為、かなり神経をすり減らす作業になるのは間違いない。

どんなに爆走してもそうそう息を切らさない悠那が、ぜぇぜぇと息を乱しながら魔力を調整。こんなにもギリギリな様子の悠那を見るのは、それこそ勉強全般のテスト勉強をしている時くらいだろう。……そう聞くと大した事がないように感じられるかもしれないが、実際問題、悠那としては大した事なのである。

「あ、黒い雪が……」

今やヘドロに近い質感となった黒々とした液体の塊が、一つ、また一つと宙に浮かび、悠那の頭上に集まっていく。気が付けば悠那の周りには廃村中の毒素が集結し、タイニィホールへと吸い込まれようとしていた。

「あ、ねえねえ千奈津ちゃん。ちょっと閃(ひらめ)いたんだけどさ、集めたこの毒素、ブラックホールに吸収させるよりも、押し固めて次の投擲(まほう)を放つ時に使った方が良いかな？」

「鉄球を投げた先がとんでもない事になるから、今は止(や)めときなさいって……」

悠那は少し残念そうに、村に残った最後の毒を吸い込ませた。除染完了、廃村は救われた。

「あばー、思っていたよりもしんどかったー」

バタリと地面に倒れ込む悠那。

「でも、有言実行できたじゃない。私が光魔法を使わないで済んだわね」

「えへへ、そうだねっととととっ!?」

「じ、地震でしょうか？」

戦闘が終わり3人がひと安心していると、廃村全体が大きく揺れ始めた。そして1軒の家が立っていた場所が大きく盛り上がり、倒壊する。

「ウウウ、ウヴァルルルル……！」

そこから現れたのは、最早巨大な猿という範疇を超えた、山のような白猿だった。白猿の無残な死体を目にしたその顔は怒りに満ち、大地を揺るがす唸り声を上げている。

「うわー、これが群れのボスなのかな？」

「そうみたい。かなりお怒りよ」

「魔王級の強さはありそうですね。お二人とも、戦闘準備を――」

「――あ、ゼータさん。私１人で戦ってみても良いですか？」

そう言った悠那は、すっかり元気になって立ち上がっていた。

◇　◇　◇

俺達は今、空にいる。唐突ではあるけれども、これは歴とした事実なのだから仕方がない。

「ぷふふっ！　いやー、笑わせてもろたし、良いもん見せてもろたわー。瀕死のデリスなんて、滅多に見られるもんやないかんなー」

「また思い出し笑いかよ。何回すれば気が済むんだか……」

今日何度目かの爆笑を俺の眼前でかましてくれているのは、腹黒エルフと名高いアレゼルだ。予定では明日の今頃に飛空艇と共に到着する筈だったんだが、何の間違いがあってか、こいつは既にあの街にいたのだ。経緯を説明するには、色々と俺の痴態も語らなければなるまい。

『ご主人様、申し訳ありません。ほら私、ドジっ娘属性なメイドですし？　てへぺろ』

完全無欠の駄メイドと化したリリィヴィアが口を滑らせ、墓まで持っていく筈だった秘密を暴露された俺はあの後、ブリザード&バーニングな極寒獄炎地獄を味わった。ああ、思い出すのも恐ろしい悲劇だった。

背後から迫り来るはネルのマジな剣戟、俺はそいつを衣服を犠牲にする事で切り抜け、半裸状態で鬼の住む宿を脱出した。あの猛吹雪の中を、裸で外に出されたんだぞ？　それだけで死と隣り合わせといっても過言じゃないくらい、十分過ぎる罰ってもんだ。が、その程度で炎の角を生やした鬼の怒りは収まらなかった。

『デリス、説明責任を果たしなさい？』

『それはさっき果たしただろ！　いや、まずは冷静になって、その炎渦巻く剣を収めよう！　な、なっ！』

『問答無用っ！』

説明を求められたというのに、問答無用とはこれ如何に。この後街中から山道まで走り抜け、再び街へと帰って来たところに、アレゼルが偶然にも通りかかったのだ。

『あん？　その煌びやかな髪はネルやないか？　奇遇やな、何やってん？』

『浮気者を埋めてるのよ』

『……ぐふっ』

『おわっ!?　デリスっ!?』

……正確に詳細を話せば、山中であえなくネルに捕まり、グルグルと炎の縄で縛られ街まで引き摺られ、街で一番目立つ広場にて埋められる作業中に出会った、が正しい。腹黒エルフも、この時ばかりは天使に見えたってもんだ。

「それにしてもアレゼル、何で予定日前にあの街にいたんだ？　お前、結構時間には厳しいイメージがあったんだけど？」

「だからこそやろ。ゼクスはんの天気予報で、あの日前後に嵐が直撃するのは分かってたんや。この国にも支店はあるし、視察ついでに早めに来てたっちゅう寸法やね。あたしが通りかかったから、あの程度で済んだんや。感謝しぃやぁ、デリス？」

借りは増えてしまったものの、アレゼルが仲介してくれたお蔭で俺は何とか救助された。ついでに言えば、俺がこんな醜態を見せた事が功を奏してなのか、ダマヤ的に面白かったというよく分からない理由で、飛空艇の出発予定日を変えてもらう事にも成功。世の中とは何が起こるのか、全く予想のつかないものである。

「ところでネルさん、俺はいつまでこの状態でいれば良いんでしょうか？」

「取り敢えず、目的地に到着するまでね」

言い忘れていたが俺は今現在、ネルによる執拗な拷問を受けている。江戸時代に石抱って拷問があっただろ？　ギザギザな形をした板の上に正座してさ、その膝の上に重しとなる石を積み上げるってやつだ。そいつの変化バージョン、重しの代わりにネルが俺の膝の上に座るという、正に鬼の仕打ちである。間違って「重い」なんて言葉を口走った日には、一体何をされるか分かったもんじゃない。何て酷い仕打ちなんだ……

「ただ単にいちゃついてるだけやんけ……」

アレゼルの鋭いツッコミ。うん、ぶっちゃけ感触が心地好いです。脛は多少痛いけど、それを上回る気持ち良さです。

「昨日の今日で、よくそんな乳繰り合いできるもんやな。その辺りは尊敬するわー」

「そうか？　この辺はまあ、昔からそんなもんだったと思うけど？」

「そうそう、夫婦喧嘩の延長みたいなものよ」

ネルはいつまでも妬むタイプじゃなくて、その場で一刀両断すれば一先ずは落ち着く感じなのだ。それでも、昨日のアレは事が事だけに手厳しかったけれど。

「ほーん。そういやそんな気もするなぁ。昔、ネルが最後の楽しみに残していた肉を、デリスが食べないもんだと勘違いして食った時なんて、泣きながらデリスを焼いてたもんなぁ」

「あー、あったあった。あの頃はまだ野生児なのが抜けてなくて、マジで俺を食おうとしたからな。焦った焦った」

「いつの話をしてるのよ！　流石に食べないわよ！　そういうポーズだったの、ポーズ！」

「分かっとるよ。あれやろ？　キスマークと同じで、これは私のもの！って印を残したかったんやろ？　ふーっ、ませとるわー」

「違ーう！　罰！　幼い私なりの罰を与えていたのよ！」

凄く否定する割には、結構な歯型を残された記憶があるんだが……あれは照れ隠しだったのか？

「で、事の発端のリリィはんは罰せへんの？　さっきから悠々自適な感じやけど？」

アレゼルが飛空艇の窓辺にて、優雅に茶を嗜んでいるリリィヴィアを指差した。そうは言っても、今のリリィはアレゼルが来た事により、駄メイドから大八魔モードへとクラスアップしている。この数日間は実にだらけたリリィであったが、今ばかりは大八魔らしい演技をしない訳にはいかないんだろう。

……まあ、アレゼルは昔からの付き合いだし、リリィの素の姿も知っているのだから、無理に演技する必要もないんだけどね。この辺は本人の気持ちの問題だろう。

「当然、リリィヴィアにも後でお灸をすえるわ。でも、それは今じゃなくて後。リリィが本性を出してる時にやらないと、私がスッキリしないもの。あれ、今はある意味別人だし」

「確かに別人レベルではある」

「ぷふっ……！　ククッ、せやな。っと、楽しく雑談しとったら、時間が経つのは早いもんやね。もう目的地に到着するで」

　飛空艇が向かう先、そこはハル達が向かった雪山だ。ただ待つのも何だし、もう飛空艇があるのなら、こっちから迎えに行ってやろうという事になったんだ。幸い、ハル達の居場所は『鷹目の書』で大よその見当がつけられる。さっき確認した時は、現地の動物達と戯れているところだった。到着する時にはその戯れも終わるちょうどいい頃合いだろう。あいつら、この飛空艇を目にしたら、きっと驚くだろうなぁ。

「本日は晴天なり、視界良好米粒も直ぐに見つかるってな。見えて来たでぇ～。……あん？」

「どうした？」

「どうしたもこうしたも……見てみぃ、白い山ん中に黒い山が交じっとる」

「は？」

　おいおい、黒いのは腹の中だけにしておいてくれよと心の中で冗談を呟きつつ、遠くに見えてきた目的地を見つめる。

「……黒いなぁ」

「黒い山ね」

そこには雪が降り積もった山々の中に一つだけ、冗談抜きに炭でも降ったのかと錯覚してしまいそうなドス黒い山があった。それも、かなり毒々しい色合いだ。

「ねえ、あの黒山の麓にいるの、チナツとハルナじゃない？　あのゼータって子もいるわね」

「は？　ゼータってゼクスはんとこのゼータかいな？　何でこんなところにおんねん！　おーい、急ぎで手土産用の『つまらないものですが』の準備をしぃ！　メイドイン・ゼクスの若手幹部が来とるぞー！」

つまらないものってお前、とことんビジネスに繋げる大八魔だな、ホント……しっかし、ゼクスのところの若手幹部か。フンド君の海魔四天王みたいなもんか？　そもそもあそこ、若手もクソもないと思うけど。

「デリスとネルも降りる準備はええか？　弟子達が敵と間違えてこの飛空艇を攻撃する、なんて落ちはないやろな？」

「流石にないって。……ちなみにさ、アレゼルが持ってるその紙袋は？」

「つまらないものですが、や！」

全く以ってビジネスマンの鑑である。

アレゼルの飛空艇を降下させて、廃村の近くに着陸。昨日とは偉く違うレベルで天気が良く、船は殆(ほと)ど揺れる事がなかった。快適な船旅を約束するクワイテットフライトなだけはある。

「おーい、元気に生きてるかー？」

「あ、師匠！」

謎の黒い山がすぐそこに置かれていて少し心配していたけど、ハル達は元気に俺らを迎えてくれた。

「……いや、声は元気だけど。一体どうした？」

「えへへ、魔法を使い過ぎました」

千奈津(ちなつ)とゼータが立って出迎えてくれたのに対し、ハルは地面に仰向(あおむ)けになって寝転んでいる。ステータスを確認してみれば、MP残量がもう殆どない。ハルが言う通り、徹底的に魔法を使い込んだみたいだ。

「そんなに強い敵がいたのか？　良いとこレベル5のモンスターくらいだって、アレゼルから聞いていたけど？」

「予定ではそうだったんですが……予定外にこれが出てきまして」

「これ？」

「この山みたいなモンスターですよ、デリスさん」

寝転んで上手く伝えられないハルの代わりに、千奈津が指を指してフォローしてくれた。

「……あ、モンスターだったのか、この黒山！」

「言われてみれば、これって黒い毛玉だったのね。こんな雪山じゃ、目立って擬態にならなそうだけど」

「えっと、今は真っ黒なんですが、最初は真っ白だったんです。悠那と戦っているうちに、こんな色合いになってしまいまして――」

更に千奈津が状況説明をば。かくかくしかじか、と。なるほどな。

「――はぁー！　このでかいの、ジャイアントフィンドの親玉かいな！　元々山奥に隠れ住んどったモンスターやけど、こんな個体がおったんやねぇ～」

「このモンスター、今まで単体でしか見つけられてなかったんだろ？　これ、結構な大発見かもな」

アレゼルから船の中で聞いた話になるが、スノウテイル産の特定危険種に指定されているジャイアントフィンドは、これまで雪山の遭難者達の目撃情報をもとに、英雄クラスの冒険者によって討伐されていた。だが、そのどれもが単独行動する者達で、これだけの群れになるなんて話は前代未聞だ。千奈津の話によれば隠密行動を得意としているようだし、今まで雪山の奥地に隠れ住んでいたのかもしれない。遠目だと、どう見たって山にしか見えないもんな、このサイズ。

「差し詰め、こいつはジャイアントフィンドの成体、ジャイアントジャイアントフィンドってところか」

「師匠、それはないです」

「デリスさん、私もその命名はどうかと思います」

「デリス、センスを疑うわ」

ちょっと君ら、辛辣さがネルに似てきてません？　おじさんのジョークは寒いものだけど、もっと優しく包み込んでくれても罰は当たらないと思うよ？

「おおっと！　これはこれは、メイドイン・ゼクスのゼータはんじゃありまへんか？　こんな場所でお会いできるとは、奇遇でんなぁ！」

「アレゼル様こそ、船を使ってなぜここに？」

「まあまあ、細かい事はお気になさらず。これ、つまらないものですが～」

「あ、これはどうもありがとうございます。ええっと……おおきに、でしたっけ？」

「ふあ～！　ゼータはんはめっちゃ勉強家でんな！」

こっちはこっちで、唐突に始まるアレゼルの営業トーク。エルフとしては有り得ぬ動作だけど、ぺちんと自分の頭を叩く音が小気味好い。うん、あの2人は一先ず置いておこう。

「で、このジャイアントフィンドのボスをハルが1人で倒したのか？　魔法だけで？」

「すっごく頑張りました！　あと、お腹も空きました！」

千奈津に茶色い棒状のものを渡され、それをモグモグと咀嚼するハル。何それ、甘い匂いがするけど？　チョコバー的な何か？

「悠那が1人で戦ったのは本当です。魔法しか使えない制限下だったので、結構時間は掛かっていましたけど……大体、ネル師匠達の乗って来た船が見える30分前まで、ずっと通しで戦っていた感じです」

「ほう、言い付け通り魔法だけでか！」

「ギィ君に血を吸わせたり毒を盛ったり槍を刺したり、色々やりましたよ～。体が大きい分、毒を巡らすのも一苦労で……ふう」

チョコバーを数本完食して、漸く立ち上がるハル。応急のエネルギー補給は無事完了、といったところか。……ギィ君って何だろう？

「毒攻めをした結果、白かった毛が黒くなった訳か」

そこら辺に倒れてる奴らの中にも、毛が黒くなってるのが所々にいる。それらはハルが倒した分で間違いなさそうだ。

「あ、そうだ！　すみません師匠、今から解体作業に入りますので、お時間頂ければと！」

シャキンとポーチから狩猟ナイフを取り出すハル。やる気なのは良いけど、今からこれ全部となると、あのボス猿も含めれば相当な時間になってしまう。いくらハルと千奈津が解体作業に手慣れてきているとはいえ、これはきつい。

「まあ待て。ここに解体作業のスペシャリストがいるから、今回はそいつにも御助力願おう。おーい、アレゼル！」

「聞こえてるわ！　誰がスペシャリストやねん！」

「ハハハ、決まってるじゃないか～」

「デリス、あたしがタダ働きするような女じゃないって事、よ～～～く知っとるやろ？」

そんなもんは一般常識レベルの知識だろ。言われなくても、よ～～～く知ってるわ。

「アレゼル、そういうお前は知っているのか？　このジャイアントフィンドの素材、そこのゼータ様の御所望品なんだ。目の前で顧客が汗水垂らして解体仕事してるってのに、お前さんはそれを茶をすすりながら眺めているだけなのか？」

「な訳あるかいっ！　ゼータはんも人が悪いなぁ。それならそうと、この剝ぎ取り職人のあたしにゆうてくれれば良かったのにぃ～」

「え？　あ、はい、すみません……？」

「ではでは、あたしもお手伝いしますんで。ま、5分もあれば十分や。おーい、あたし専用道具持ってきてぇな！」

部下に飛空艇の中に置いていた道具を持ってこさせたアレゼルは、それはもう目で追えない速さで手を動かし始めた。こいつ、顧客の前だと驚くほどちょろいぞ。口実を仕組んだ俺の方がびっくりしてしまった。

「あ、黒い獲物は私がやりますよ。毒で危ないので！」

「アッハッハ！　ハルちゃんは気が利く娘やな～。でも心配あらへん、世の中にはもっとごっつい猛毒もあってな、それを解体するのもあたしが一番得意だったもんや。ぶっちゃけ、デリスよりよっぽど上や！」

「本当ですか⁉」

「ぐっ、痛いところを……」

「まあ、事実ね。デリスは専用スキルがない癖に解体作業が信じられないほど上手いけど、アレゼルのはその道を究めてるから。ま、相手が悪過ぎるのよ。大方、スキルの枠が勿体ないからって、ハルナにも『解体』を覚えさせてないでしょ？」

「う……！」

　異様に鋭いね、君！

「えー、それこそ勿体ないわー。限られた資源を最大限有効活用できる、ええスキルやで？」

「その点は認めるけど、魔法使いとしては微妙だろ。お前みたいに職業に合ったスキルって訳でもないんだぞ？」

「ハルちゃーん、解体スキルはええスキルー。取らなきゃ損損、なんやで～♪」

「そ、そんなにですか……!?」

「おい、俺の弟子に変な歌を吹き込むなっ！」

ちょろいなんて前言撤回！　油断も隙もないね、君っ！

「あの、元々私がお願いした依頼でしたし、私も……」

「私もお手伝いしますよ、アレゼルさん！」

「それじゃ、微力ながら私も」

「おう、なら一つ勝負しよか～。全部解体して、一番数が少なかった人は罰ゲ～ム。はい、スタート！」

それって、アレゼルは絶対罰ゲームにならないパターンじゃ……

「何余裕かまして突っ立っとるんや、２人とも。当然デリスとネルも参加企画やで？」

「「は？」」

その後、全ジャイアントフィンドの解体は３分で終わった。

◇　◇　◇

解体作業を終えた俺達は、次に剝ぎ取った毛皮等々を鞄にしまうなり、飛空艇に運ぶなりして運搬に移った。が、親玉はサイズがサイズ、それも毒で侵され扱うにしても大変危険な状態である為、一度に運ぶのは断念せざるを得なかった。アレゼルが別の輸送船を手配してくれるらしく、一先ず余った分はここに置いておく事に。ご丁寧に、これらの素材はまとめてゼクスの国に送られるそうだ。

「何から何まで御助力してくださり、ありがとうございます。こんなにも良くして頂いたと、ゼクス様に必ずお伝え致しますので」

「いやいや、あたしは人として、エルフとして当然の事をしたまでで～。困った時は助け合いの精神！　決して見捨てはしない！　これ、クワイテット社の社是ですねん。ま、挨拶もまた基本やし？　ゼクスはんにはよろしく伝えてぇな。むふふふふ」

どうしたら人が、いや、エルフがあんな胡散臭い話し方ができるようになるのかと、不思議になるレベルで胡散臭い。しかしながら、対するゼータは純粋に感謝の気持ちしかないようで、どこまでも真面目だ。頼むから、あの卑しい顔にほんの僅かでも疑問を抱いてくれ。こっちが心配になってしまう。

「デェリスぅ、また失礼な事考えてん？　あたしってエルフは、善意の塊やで？」

「本当の善人はそんな事言わないんだよ……ところでゼータさん、これから君はどうする？　悪いが、ハルと千奈津はここから飛空艇で別大陸に渡らせてもらうから、帰り道はご一緒できない。街に帰るのなら通り道だし、心優しいアレゼルさんが船に乗せてってくれると思うぞ？」

「おっ！　何だかんだ言って、デリスも分かってるやん！　乗せるで～、めっちゃ乗せるで～」

俺もアレゼルを乗せただけです。

「そうですね、素材一式は送って頂けますし……一度、ゼクス様がいらっしゃる『アル・ノヴァ』に渡りたいと思っていました。ご迷惑でなければ、その……」

「お、それなら行先は同じゼンの大陸やん！　ええよええよ、お姉さん送ったるよ！　ちゅうか、どうせ荷物も一緒やし」

「よろしいのですか？」

「わあ！　それじゃ、まだ暫く(しばら)は一緒だね、ゼータさん！」

こうして、ゼータもアレゼルの飛空艇に乗る事に。改めて考えてみると、この船の中には俺の弟子であるハル、ネルの弟子の千奈津(ちなつ)、リリィの弟子な刀子(とうこ)、ゼクスの弟子（？）みたいなゼータがいる事になるのか。ちょっとしたブームみたいだな、弟子ブーム。

「今更ですけど、船、おっきいですねー」

「うーん……あのボス猿を見た後やと、何となくインパクトに欠ける感もあるけどなー……」

船、もとい今回の旅で乗せてもらうアレゼルの飛空艇は、船員を含めて100人が乗れる代物だ。この世界に超限定的にしか存在しない、超希少品でもある。実質ゼクスのとこでしか製造されておらず、販売される事もない為、どんな大国の王だろうと個人使用はまずできない。アレゼルがクワイテット商事の移動手段として使えるのは、このスノウテイルの国と同じく、ゼクスの数少ない利害関係者である為だ。でなけりゃ俺だって所有したいわ、こんな便利なもん。

「何というか……凄くSFチックなデザインですね。これ、現代の技術超えてませんか？」

「部分的にはそうだろうな。やっぱ魔法の存在が大きいし、ゼクスはその上で科学技術を使うから……差し詰め、魔法と科学の夢の共演ってやつだ」

「それなら、武器とかも期待できそうですね！」

ハルはメイドイン・ゼクスの軍事部門に大変興味があるようだ。将来の夢は、レーザー光線を合気で跳ね返す事です！　なんて事を語りそうで怖い。そして実現させそうで恐ろしい。

「さ、お喋りは船ん中でもできるさかい！　まずは乗った乗った！　全速前進でゼンの大陸に向かうで～」

「では、お邪魔します！」

「おう、邪魔されるわ！」

パンパンと両手で手を叩くアレゼルに催促されながら、俺達は飛空艇へと乗り込むのであった。

◇　◇　◇

飛空艇が発進してから間もなく。それはジバ大陸を抜け出し、いよいよ広大な海へと向かおうか、という時に起こった。

「罰ゲームタ～イム♪」

「「いえ～い……」」

嘘みたいに晴れやかな笑みを浮かべるネルと、この世の終わりみたいなノリで合いの手を入れる、俺と千奈津。両極端な陽と陰の感情は決して相容れず、俺ら2人は早くこの時間が去ってくれる事を願うばかりだった。

「お、何か面白そうなもんが始まったなぁ」

「絶対に罰ゲームを食らわない位置にいる奴は、そりゃ良いだろうよ。面白いだろうよ……」

というか、お前があそこであんな事を言わなければ、こんな事には……！　一瞬でもこいつを天使だと思ってしまった、昨日の俺を殴りたい。殴って目を覚まさせてやりたい！

そいつは天使の面を被った、悪魔的腹黒エルフだって！

「ええっと、まずは千奈津からね」

「は、はい！」

「雪山での討伐数、3人の中で少なかったら罰ゲームって話だったけど……貴女自身としては、体感的にどうだったかしら？」

「……自分としては、一番倒したと思います」

にこやかなネルの笑顔をしっかりと見据えて、千奈津はそう言い切った。おお、千奈津神、ナイスガッツ……！

「ふむ。ハルナとゼータはどう思う？」

「ビリっけつは私かな、と。親猿さんを倒したのは私でしたけど、やはり後方支援だと数はこなせなかったので」

「ハルナさんとチナツさんの意見に同じです。私も前衛として頑張りましたが、鬼気迫るチナツさんには敵いませんでした」

「なるほどなるほど」

「「……（ゴクリ）」」

隣に正座する千奈津に釣られて、俺まで唾を呑み込んでしまう。結局のところ、この判定は自己申告に任せる形になってしまうからな。やろうと思えばハル達の中で話を合わせて、数の調整だってできるんだ。後は審判役のネルがどう思うか、なんだが――

「よし！　よくやったわね、チナツ！　師として誇らしいわ！」

「あ、ありがとうございます！」

ネル判定、セーフ。分かっていた事ではあるが、なかなかの緊張感だった。ハルや千奈津が嘘をつく筈がないし、自分でそう申告した時点でセーフはセーフだろう。

「こ、こう、かしら？」

「……え、ええと？」

なで……り、なで……りと、ネルがかなり残念な感じで千奈津の頭を撫で始めた。前回のが首の骨を外す勢いの高速なでなでだとすれば、今回のは生まれたばかりの子犬に触れるが如くの超スローなでなで。前の反省を活かそうとしているのは痛いほど理解できる。が、こいつは流石に不器用かとツッコミを入れたい衝動に駆られてしまう。褒め慣れていないにもほどがある。

「不器用かっ！　こうやろ、もっと普通に撫でて褒めればええやろ!?」

「ええっ、そんな事言ったって……」

「い、いえっ、十分嬉しいですっ！　大丈夫ですっ！」

うん、代わりにアレゼルが突っ込んでくれた。よく分からないが、ダマヤの商人魂が騒いだんだろうか？　何であれ、千奈津の罰ゲームはこれにて消滅した。

――で、本当の問題はここからな訳なんだが。

「ほな、ネルが褒めるのに悪戦苦闘しているから、ここからはあたしが進行したるで。罰ゲームタ～イム♪」

「心底嬉しそうだよ、このエルフ……」

「あん？　何かゆうたか、ビリっけつのデリス？」

「いえ、何にも」

そう、解体作業を効率良く行えなかった俺は、見事最下位の地位を摑み取ってしまった。それもこれも、俺の近場にあったモンスターばかりから解体しやがるアレゼルのお蔭だ。フハハ、最初から嵌める気だったなこの野郎。

「ハァ……茶番はもういいからさ、本題にさっさと入ってくれ。こんな遠回しに言わなくても、お前の口から言ってくれればやってやるっての。何の仕事の依頼だよ？」

「流石デリスは話が早いなぁ。ハルちゃんの師匠なだけあるわ。あたしがハルちゃん達に稽古つける代わりにな、ちょっちやってほしい事があんねん」

見た目だけは綺麗なアレゼルが、素材を殺す事なく見た目通りに微笑む。それはエルフの造型としては自然な事なのだが、俺としては酷く不気味な事だった。

——修行54日目、終了。

第三章
金の街ダマヤ

——修行55日目。

飛空艇に乗船してから、丸一日が経過した。途中、小さな島々が視界に入る事はあったものの、基本的に窓からの景色は一面海ばかりだ。初めの1時間はその雄大さを嚙み締めて眺めていられたこの景色も、時間が経つ毎に暇潰しにもならなくなってくる。船の中じゃ危険行為も一切禁止にしているから、ハル辺りは時間を持て余しているんじゃなかろうか？

「う～み～、でっか～い～」

「ゴッブー、ゴッブブー」

「で、でっかいー」

「それ、何の歌だよ……」

などと思っていたのだが、ハルは飽きもせずに船の窓の外を眺めていた。隣にはゼータとゴブ男もいて、謎の歌を復唱している。

「あ、師匠。何って、お母さんから教えてもらった海の歌ですよ～。その時の気分で歌詞が変わる、変幻自在な歌なんです！」

「そ、そうか、良かったな……」

桂城（かつらぎ）母はたぶん天然。そう俺の中でイメージが定着した。

「ゼータさんも無理に付き合わなくても良いんだぞ？　意味不明だろ、ハルの歌」

「ストレートに酷いっ！」

「いえ、とても分かりやすいので、幼児向けとして推奨したいくらいです」

「ゼータさん、優しい！　ひしっ！」

「それは褒めているのか……？」

ゼータの事だから悪意はないんだろうが、相手が相手なら軽く傷付いてしまいそうなフォローである。

「そういえば、珍しく千奈津とは別行動なんだな」

「はい！　時間のある今のうちに、書類整理だけでもしておきたいって言ってました！」

「騎士団の仕事、ここにまで持って来てるのか……」

ハルのポーチや俺の持つ鞄（かばん）のような機能があれば、そりゃいくらでも仕事道具は持って来られるだろうけどさ。上司のネルはリリィ（大八魔モード）と一緒に茶を飲んでたぞ、良いのか？

「いや、ネルがそれだけ楽ができるほど、千奈津が有能って事か……？」

現場担当のネル、事務担当の千奈津って感じで。

「はい？」

「ん、こっちの話だ。気にすんな」

「了解です！」

物分かりが早い。流石である。

「千奈津ちゃんが忙しい事は分かっているんですけど、刀子ちゃんが見当たらないんですよねー。ゼータさんを紹介しようと、昨日から捜し回っていたんですが、全然見つからなくて……」

「刀子か？　あいつなら、今はネルとリリィのところで給仕の仕事をしてたぞ。ひたすら圧迫感のある個室内で、マナーを守り失礼なく応対する鍛錬だとか言ってたな」

「え、えっと……メイドさんの鍛錬ですか、それ？」

気を遣う鍛錬、かな？　たぶん、ネルとリリィヴィアが睨み合うくっそ空気が重い密室内で、どれだけお世話ができるか測っているんだろう。刀子は刀子で、なかなか精神にくる修行ライフを送っている。大八魔状態のリリィヴィアから接客技術やそれに伴う知識を叩き込まれただけあって、駄メイド状態のリリィよりも、よっぽどメイド向きになっているという矛盾。

「ま、ダマヤに到着するまでには、挨拶する機会くらいはあるだろうさ。ゼータさんの行先は、ゼクスが本拠地にしてるアル・ノヴァだったか。それでも近場のダマヤで一旦飛空艇の補給をする事だし、その合間にハル達と一緒に観光でもしたらどうだ？　折角仲良くなったんだろ？」

「それ、ナイスアイディアです、師匠！」

「よろしいのですか？」

「ああ、是非ともよろしくしてやってくれ。ダマヤは商人の街だけあって、世界中の色々な商品で溢れかえっているんだ。アレゼルが世界商業連盟の会長になってからは、レジャー施設やらの開発にも着手してるらしいし、見所には事欠かない場所だよ。あ、そうだ。ゼクスが直接携わってる施設もある筈だぞ？」

「行きたいです！　と言いますか、行きます！　行かせてください！」

ゼクスの名を耳にした途端、突如として鼻息を荒くしながら話題に食い付くゼータ。薄々感じてはいたけど、やっぱこの子もどこか頭のネジがおかしい感じなのか。義手で握っていた鉄製の手すり、握り潰してますよ、お嬢さん。

「あれ？　でも、観光なんてしてる時間あるんですか？　本来の目的はアレゼルさんとの鍛錬ですよね？」

「おいおい、鍛錬だけならスノウテイルでやっても良かっただろうが。社会見学して知見を得るのも立派な鍛錬だよ」

ついでに料理用の食材を買い溜めてくれれば尚良い。ここなら魚もお安くて、地力の家事スキル及び値引き交渉術も鍛えられるぞ、ハルよ。

……それに、後でやるアレゼルの鍛錬で、かなり精神面が削られるだろうしな。千奈津と刀子を含めて、今のうちにリフレッシュしてほしい。

「楽しみですね、ゼータさん！」

「はい！　目と記憶に、できれば体にも焼き付けたいと思います！」

「ゴブゴブ！」

そんな俺の親心を知ってか知らずか、ハル達は純粋にダマヤ観光を楽しむ気で一杯のようだ。これならばストレスを抱え気味な千奈津と刀子も、レジャー気分で発散させる事ができそうだ。

……いや、ちょっと待って。今かなりおかしな言葉が聞こえた気がした。体にって何!?　ほどほどに、あくまでもほどほどにだぞ、お前ら！

その日の夜のうちに俺達を乗せた飛空艇は金の街、ダマヤへと到着。スノウテイルの吹雪が荒れ狂う辺境とは違い、こちらは夜だろうとそこかしこに明かりが灯っており、船が

着陸するのにも不自由しないくらいの明るさを誇っていた。その街全体の姿は、数年前に訪れた経験のある俺をも驚かせるほどのものだ。

「うわー、凄いですね！」

「明らかに文明レベルがおかしい気がする……」

「つうかよ、他にも空飛んでる船が結構あるぞ。え、これ全部クワイテット商事の船？マジ？」

「これはゼクス様の光……！　搭載したい……！」

日本生まれの弟子達も、現代風景に限りなく近いであろうその光景に驚き、或いは呆れているようだった。約1名、恍惚とした顔をしている普段は真面目な筈の子もいるが、紳士的に見なかったし聞かなかった事にする。

「ダマヤはゼクスはんの技術を限定的に取り込んどる、世界で唯一の都市やからなー。ハルちゃんやチナッちゃんが驚くのも無理はないで」

「それにしたって、俺が前に来た時と様変わりし過ぎだろ。どんだけ金掛かってんだ、これ？」

「金の力は正義の力、って言うやん？　金のあるところに金は集まるんやで？」

「うわ、悪い顔してんなぁ……」

アレゼルはその整った容姿をあくどい商人の顔に崩しながら、魂を込めてその台詞を吐いていた。普通であれば嫌味にしか聞こえないこの台詞も、故郷をエルフリゾートに大改造しやがったこいつが言えば説得力が増す。昔一度だけ会ったエルフの長よ、貴方の娘は逞しく生きているぞ。

「はい、弟子達注目！　今日はもう遅いから宿に直行するけど、明日は全員1日中自由時間にして良いぞ。各自、休みを満喫するように。これ、俺とネルとリリィから共同の指示な」

「「……え？　えぇ……？」」

よほど予想外だったのか、まだこの事を聞いていなかった千奈津と刀子が声を揃えた。そう疑いしか含まないような目で俺を見るなって。リリィの罠でもネルの試練でも何でもないから。マジなホリデーだから。

「デリス、信頼されてないわねぇ……」

「あかんなぁ、信頼第一の商人には真似できんわー」

「ま、そのうち良い事あるわよ。今夜にでもお邪魔して、慰めてあげましょうか？」

「濡れ衣にもほどがある……意味が逆だからな、お前ら」

「「？」」

この後、ネルとリリィからも同じ説明をされ、かなり半信半疑な様子ではあるが、2人は納得したようだった。

飛空艇から降り、アレゼルとその部下に案内されて到着した先は宿だった。ああ、事前に宿に到着する事は分かっていたから、そこについては何も言う事はない。しかし、しかしだ――ちょっとゴージャス過ぎない？

大八魔第一席アガリアの二つ名の如くそびえ立つは、世界最高を目指してんのかと疑いたくなるような高層ビル。空から見た時もやけにたけぇ建造物があるなとは思っていたが、まさか本日お泊まりする宿だとは思ってもいなかった。ええ、純粋に驚きましたとも。

ちょっとアレゼルさん、これ何よ？

「ここ、来月に新しく開店する予定の最高級宿でな。今日は開業する予行練習として、デリス達に実際に泊まってもろうて、どないなもんか感想を聞きたいんよ。もちろん、責任者としてあたしもご一緒するで」

「お前、まさか依頼の追加要求でもするつもりなんじゃ……」

「ちゃうわ！　何だかんだ言って、デリスは物事の良し悪しには目が利くし、ネルなんて貴族の最高位みたいなもんやろ？　慧眼の持ち主である2人だからこそ、今日はあたしと一緒に宿を体験してもらいたいだけなんやって。依頼の話とは全然関係ないし、新しく罰ゲームを増やすつもりもないわ」

「要は泊まり心地を審査すれば良いのね？　それくらいなら問題ないじゃない。……ちょっと、アレゼル。デリスと私の部屋は、その……」

「わーとるわーとる。ちゃんと同じ部屋、ベッドはダブルで用意しとるさかい。あたしはできる子空気も読める子、クワイテットの社長さんやで？」

「ふ、ふぅーん……」

2人の内緒話が微妙に俺に聞こえてるって事は、常識外れに耳が良いハルにも聞こえてるんだろうな……ま、我が弟子はその辺は疎い筈だ。紳士的にスルー。

「あの、すみません。私達はこういった場所には泊まり慣れていないものでして、あまりお役には立てないと思うのですが……」

千奈津が申し訳なさそうに手を挙げ、審査に貢献できないと口にした。そりゃそうだろう。こんな宿、そうそうお目に掛かれるもんじゃない。一般的な高校生が、テーブルマナーに厳しい高級レストランに連れて行かれるようなものだ。

「ぶっちゃけ俺なんて、海外旅行も初めてだぞ。夜の街とはまた違うんだろ？」

「私はネパールになら、山登りをしに行った事があるかなー」

刀子も力になれないと素直に宣言、ハルに至っては――待て、その山って世界で一番やべぇ山じゃないか？

「あはは、謙虚やなー。でも安心しぃ、アンタらは特別ゲストとしてお泊まりや。人数が多い方が良いテストにもなるし、まあそんな緊張せんで寛いでや。あ、それでも何か意見があったら、遠慮なくゆうてぇな？　どないな意見も参考になるから、大歓迎やで～」

手の先をひらひらさせながら、アレゼルが笑みを貼り付かせて皆を安心させようとする。この辺りの場を和ますリアルトークスキルは、ネルにも是非欲しいところ。まあ、ネルと違って言動に裏があり過ぎるのも困りものなんだけど。

「ここはアレゼルの言葉に甘えさせてもらえ。明後日の鍛錬になれば仏のアレゼルも鬼になるから、甘えるなら今のうちってやつだ」

「ちょ！　またデリスはいらん事を教えるんやから～……ま、ええか！　ほな宿に入るで～」

アレゼルを先頭に宿という名の摩天楼に入ると、とんでもない人数の従業員に出迎えられる。偉い奴なら気分が良いんだろうけど、俺みたいな一般庶民にはちょぃと居心地悪いかな。んー、減点。

◇　◇　◇

「へえ！」

「ほーう」

　宿の従業員に連れて行かれた先は、当然の如く最上階だった。別に俺らの方から頼んだ訳じゃないが、ある意味予想通りの最上階だった。わー、ダマヤの街が一望できるー。

「当然の如くスイートルームや。どや？　ええ部屋やろ？」

「ええ部屋だけど、何でお前も当然の如く部屋にいるんだよ……」

　俺とネルが夜景を眺めている背後で、どやっと言わんばかりなアレゼルが精一杯の背伸びをしながら立っていた。何アピールなんだろうか？

「まあまあ、そんな怪訝な顔をなさるな。用が済んだら直ぐに出て行くさかい。そこのソファに座ろか」

　我が物顔で部屋のソファに座り出すアレゼル。所有者は確かにアレゼルなのかもしれないが、この場合はちょっと違う気がする。喩えるなら、客室に押し掛けベッドに倒れ込む家主、みたいな。

　尤も、いくら俺達が不平不満を言おうとも、アレゼルは用件を済ますまで帰ろうとしないだろう。ここは大人しくアレゼルの指示に従っておく。

「それで、用件っていうのは？」

「明日、可愛いお弟子さん達は自由行動、つまりデリスとネルは暇しとるんやろ？　なら、明日のうちに頼んだ依頼の下見をしとこうと思うてな」

「下見、ね……」

アレゼルの依頼とは、最近良からぬ噂が立っている商人仲間の調査だったか。その程度の事なら俺らに頼まなくても、アレゼルならば自分で解決できそうなものだ。が、この無垢とは真逆に位置するであろう奴の笑顔が、何かこの話に裏があると俺の心に囁きかけている。

「その商人、大八魔のお前さんがそんなに苦労するほどやり手なのか？」

「いんや、別に。ただ潰すだけなら、片手でぽいーで済む輩やで？」

「おい……」

「じゃあ、何の為の下見なの？　徹底的に潰す為に、根掘り葉掘り尋問するとか？」

「それも魅力的な話なんやけど、何ちゅうか……あたしの発散の為になるんかなぁ？」

理由を聞いているのはこっちの筈なのに、アレゼルの答えもなぜか疑問形。首を傾げながら心の整理をしているようだった。

「どういう事だ？」

「ほら、あたしってばクワイテットの社長で、こういう立場やろ？　前にも言ったけど、商人は信頼が第一。色々と荒事を起こしたら不味いんよ」

「いや、お前も裏では色々やってるだろうが」

「それはあくまであたしの使いや。あたし自身やあらへん。でも、ハルちゃん達の鍛錬はあたしが直接する事になるやん。もちろんその時は手ぇ抜いて、やさーしく指導しちゃるけど……その後に猛ったもんを消火せな、どうなるか自分でも分からないってのがなぁ」

「「あー……」」

そういや、こいつの癖の悪さは俺らの中でも群を抜いて危なかったんだっけな。性格的な意味じゃなくて、その——まあ、これはその日になれば分かる事だが。一言で言えば、一種の職業病みたいなもんだ。

「つまり、俺らがその商人を潰すんじゃなくて、アレゼルの名に傷がつかないように後始末をすれば良いんだな？」

「そういう事！　これぱっかりは社員にも教えられんからなー。絶対引かれて今後の商売に影響するわ！」

「ま、まあ事情は分かったよ。その猛りをハル達に向けられちゃ、こっちも堪ったもんじゃない」

「そうね、私も納得したわ。デリスはその道のプロだし、消したい証拠は私が物理的に消すから安心なさい」

「助かるわ～。お、これってチーム『破天荒』の限定復活やない!?」

「あら、懐かしい名前ね。いつ振りかしら？」

破天荒、本当に破天荒な名前だよ。いつの間にやらアレゼルがギルドに申請してたんだよなぁ。

「破天荒ねぇ……何もかもを破壊するネル、通った道を散々荒らすアレゼル、後始末に追われて天に召される俺が揃って、破天荒だったか？　今思い出してもセンスを疑うネーミングだ。特に俺の担当場所が酷い」

「ははっ、うける」

うけねぇよ。

――修行55日目、終了。

◇　◇　◇

――修行56日目。

「それでは師匠、いってきます！」

「夜までには戻りますので」

「俺、取り敢えず何か食べ歩きしたいわ」

「科学の祭典！」

ハルら4人娘が宿を出発するのを見送り、ネルと共にちょっと遅めの朝食にありつく。食事は幾つかの種類から選ぶ形式で、頼もうと思えば何種類も頼む事ができるようだ。ハルは全種類制覇したんだろうな、きっと。

「おーおー、今朝は随分とゆっくりな起床だったようでんなぁ、お2人さん」

その途中、このタイミングを狙ったが如く現れるアレゼル。ニヤニヤと口端をつり上がらせて、食事時にはあまり見たくない下品な笑顔を作っていた。

「ああ、おはようアレゼル」

「今日もダマヤ弁がキレッキレね」

「うわ、恥ずかしがる様子もなく普通に返されたっ!?　ボケ殺しにもほどがあるわー」

尤も、この手のやり取りはもう何度もやった口。流石(さすが)の俺らも慣れるというもの。アレゼルからのパスを華麗に無視して、食事の手を休める事なく応対してやった。

「ん？　今日はいつもの格好とは違うんだな？」

「お、分かる～？」

アレゼルはクワイテット社の制服のようなものをこれまで着ていたんだが、今日は歳(とし)相応（見た目に限る）の女の子といった感じの私服だった。口を開かず黙っていれば、どこぞのご令嬢と間違えられるかもしれない。まあそんな事は不可能だろうから、心配する必要は全くない。

「本当なら勝負服で臨みたかったんやけど、ちょっち見つからなかったんよ。ま、これでも動きやすい格好やし、問題ないやろ。ほれ、制服では出えへん色気も、今なら満載って寸法や！」

「……ソダネ」

「おい、デリス。今あたしの胸と嫁さんの胸、交互に見比べなかったか？　ああん？」

そう凄まないでほしい。ハルやマリアよりかは、幾分かあるとは思っているんだ。言葉には絶対に出さないが、僅差でそう思ってはいるのだ。

「朝からくだらない事で言い合わないでよ、まったく」

「この絶対勝者の余裕も憎らしいなぁ。あたしもせめて、リリィはんくらいあれば……ん、そういやリリィはんは？」

「夜のうちにどっかに出掛けたよ。あいつも一応はサキュバスだし、夜の街が気になったんじゃないか？」

「へー、そんなもんなんやな？」

嘘である。リリィヴィアはまだベッドの中夢の中だ。昨日の大八魔リリィを演じたツケが、疲れとなって残っていたんだろう。たぶん、昼までは起きない。

「ま、ええわ。それ食べたら早速例のところに行こうと思うんやけど、大丈夫かいな？」

「そのつもりだったから、問題ないよ」

「帯剣はしたままで良いの？　これがないと、私落ち着かないんだけれど……」

腰に差した剣の柄に手を当て、カチャリと音を鳴らしてみせるネル。

「んー、ま、大丈夫ちゃう？　仮にもこの街で最強の稼ぎ頭であるあたしも一緒な事やし、護衛の名目で目ぇ瞑らせる事はできるしな。それでも下見やから、ホントに使っちゃ駄目やで？」

「それくらい分かってるわよ。これでも気は長い方なの」

「「……」」

「……言いたい事があるなら言いなさいな、2人とも？」

「「イエ、何モ」」

その昔、どっかの悪徳貴族に肩に手を置かれただけで腕を剣でぶっ飛ばし、その足で屋敷を焼き払った少女がいたような気がしたんだが、あれは誰だったか。金髪だったのまでは思い描けてきたけど、途轍もないプレッシャーがその詳細を思い起こすのを邪魔してくる。おかしいなぁ。

◇　◇　◇

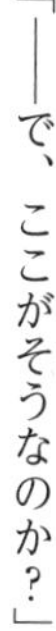

「――で、ここがそうなのか？」

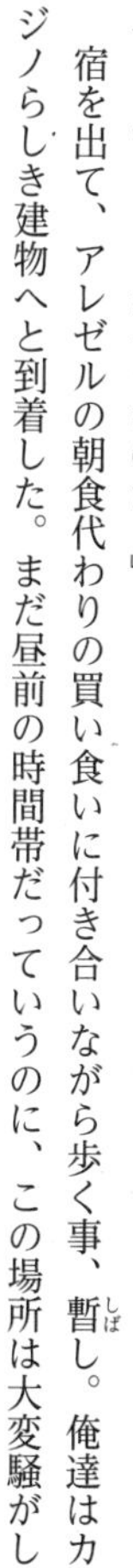

宿を出て、アレゼルの朝食代わりの買い食いに付き合いながら歩く事、暫し。俺達はカジノらしき建物へと到着した。まだ昼前の時間帯だっていうのに、この場所は大変騒がし

く酒の匂いもそこかしこに漂っている。一見、富裕層から貧困層まで客の質は疎らなように見える。かなりオープンな遊び場なようだ。

「そや。今回のあたしらのターゲットは、この街でも比較的古株の商人サンゴ・ゴルバ。むかーしは賭博関係の施設で大儲けして、ダマヤでも頭一つ抜けたところにいる大商人だったんや。けど、ここ最近はどーも落ち目でな。で、これで汚名返上でもしたかったんかなぁ？　あたしの下調べじゃ、ちょっち怪しい奴らとつるんで、ダマヤでは違法になる法外な賭け勝負を裏で始めとるらしいわ」

「へえ、命を懸けた高レートな賭博とかか？」

「ま、そんなもんやろな。今日の下見じゃそこまでは見られへんと思うけど、まあ嫌がらせして頭に血を上らせる事はできる。それで尻尾が出れば万々歳やね」

「……ぶっちゃけさ、お前も裏でそれくらいの事はしてないか？」

「はん！　何の事やらさっぱりや！」

こいつ、絶対何かやってやがる……！

「アレゼル、ぶっちゃけたところは？」

「別に裏で何しようが構わんよ？　でもなぁ、それが表に出てる時点で問題なんや！　やるなら証拠を残すな最後までやり切れ！　ダマヤの評判落ちたらどーすんねん！」

「らしいわよ、デリス？」

「アレゼルらしい回答だ。満点をあげよう」

　さて、こんな馬鹿やってないで、さっさとカジノに乗り込みますか。俺らだって少しはダマヤを謳歌する時間が欲しいのだ。残業なんてする気はさらさらない。

　いつも通り、代表であるアレゼルが先頭を歩いて俺らはそれに付いて行く。前述の通りオープンなカジノであった為、服装等を指摘される事は特になかった。……格好が違うからか、アレゼルの存在に気付く様子もないのはザル過ぎると思うけど。

　カジノ内部はトランプを用いたスペースに、恐らくは限度額ギリギリの高価なスロットマシーンまで置いてある。まあ、この空間の内装に関してはおかしなところはない。が、さっき見かけた裕福そうな輩の数は……うん、やっぱ減ってる。

「ここって会員制とかで、他に部屋があったりするのか？」

「いんや、表向きはない事になっとんねぇ。な、おざなりやろ？　デリスが入店して数秒でこれや」

「ふーん。気配の流れから察するに、手洗い場の死角の方が怪しいわね。かなりの数がそこから下に潜ってる」

「確かに、これじゃ発覚するのも時間の問題かもな。トントン拍子で片が付きそうだ」

　早くも怪しげな場所まで特定してしまった。下見、これで終わりで良くない？　これ以上踏み込んだら、今日のうちに諸々が済んでしまいそうだ。アレゼルにそんなニュアンス

の視線を送る。

「まあまあ、そう焦らさんな。まだサンゴはんとの挨拶が済んでへん。ええっと──なあ、あんちゃん」

「はい？」

カジノの店員にいつもの気軽な調子で話し掛けるアレゼル。笑顔で振り返る店員。しかし次の瞬間、俺達(たち)は店員の笑顔が凍り付く瞬間を目の当たりにしてしまう。分かる、分かるなーその気持ち。

「し、失礼ですが、貴女様(あなたさま)はもしや……！」

「あたしから名乗る必要はないやろ？　知らない筈(はず)がないもんな。サンゴはんおる？ちょっち話がしたいんやけど」

「しょ、少々お待ちをっ！」

見ていて可哀想(かわいそう)になるくらい動揺した店員は、一目散に店の裏の方へと走って行った。

「俺が言うのも何だけど、お前って腹黒いよなぁ」

「ははっ、そっくりそのまま同じ台詞(せりふ)を返したるわ」

◇　◇　◇

遠巻きに行われているトランプゲームの様子を覗きながら待っていると、ついさっき慌てふためいていた店員とは違う男がこちらに来た。服の上からでも筋肉質な肉体を想像する事ができる、白髪交じりの中年だ。眼帯までしていて、とてもカジノの店員には見えない。

「お待たせ致しました」

「おう、待っとったで。後ろの2人もあたしの手のもんや。護衛がてら剣の1本くらいは持っとるけど、問題ないな？」

「……ええ、もちろん構いません。ご案内しますので、こちらへどうぞ」

どうやらこの男はそれなりに格の高い者らしい。少々の間はあったものの、自己判断で得物の持ち込みの許可を出している。

男に案内された先はカジノの事務部屋、その更に奥の部屋だった。応接室みたいなもんだろうか？　昔、ハルと共に襲撃した灰縄の屋敷を思い起こすような趣味の悪さを感じる。

「今、サンゴ様がいらっしゃいますので、こちらでお待ちください」

「何や、また待たせるんかいな？　サンゴはんも偉くなったもんやなぁ」

喧嘩を売ってボロを出させるのが目的なだけに、今日のアレゼルは接待モードではない。ゼータの時とは真逆に、終始一貫威圧している。ダマヤ弁も相まって、すっかり感じの悪いおっちゃんのようだ。それでも殺意は抑えているあたり、やはり交渉上手である事が窺える。

「……取り急ぎ、お連れしますので」

「頼んだでぇー、あんちゃん。いい歳なんだから、それ相応に働きぃやー」

「はっ、失礼致します」

バタンと、アレゼルの難癖に耐えて部屋を出る男。

「……あいつ、本当にこのカジノの社員かね？　温い責め苦だったとはいえ、アレゼル相手に堂々としてたな」

「そうね。動作が戦い慣れしてるそれだったし、商人ではない気がするわ」

「んー、新しく雇ったサンゴはんの護衛ってところやないか？　ハングリー精神旺盛なのに、臆病なところもあるサンゴはんらしい手や。大方、あの男を寄越してあたしらの様子を窺ってんやろ。アレゼル、怒ってた？　戦ったら勝てそう？……なんてな！」

「大八魔を相手に様子を窺わせるって、とんだブラック企業だぞ……」

俺がもし彼の役回りだったらと想像。うん、泣けてくる。

「しっかしこの部屋、冗談抜きに趣味悪いなー。なんやねん、あの金色のサンゴ像。金の無駄遣いにもほどがあるで！」

「お、そうなのか？　俺はてっきり、アレゼルの趣味と合うとばかり思ってた」

「あり得へんやろ！　金塊であたしみたいな美少女の像を作るなら兎も角、こないな小太りおっさんの像なんて誰が見て喜ぶんや！　需要と供給を勘違いするにもほどがあるでぇ！　自己満足、エゴ、無駄の役満や！」

自分で自分を美少女と言い切るお前も十分凄いよ。まあ、確かにアレゼルの容姿なら需要はあるかもだけど、いや、喋らない分そっちの方が色々と都合が良いのか？

――ガチャ……

それは大変慎ましく、申し訳なさそうに開けられた扉の音だった。もちろん俺達は、扉が開けられる前から扉の向こうにいる存在に気付いていた。気付いた上で、こんな大声で失礼という単語を忘却した会話を続けていたのだ。扉が開けられた事に気付いていない振りをしながら、わざとここで会話を区切ってやる。

「い、いやー、大変お待たせしてしまいましたわー！　アレゼル会長、来るなら来ると事前に仰ってくだされば、それなりの準備はしましたのに、本当にお人が悪い！」

ぺしっと、手に持った閉じた扇子で自らの頭を叩きながら、小太りの男が入室した。あの金の像と見た目が同じなところを見るに、彼がこのカジノの責任者である商人、サンゴ・ゴルバなのだろう。さっきの堂々とした男とは打って変わって、トップである筈のこの男は、既に緊張が頂点に達している様子だ。

「あ？　抜き打ちの視察するのに、わざわざアポ取る馬鹿がどこの世界におんねん。今日は世間話する為に来たんとちゃうぞ」

「ぬ、抜き打ち、と言いますと？」

「サンゴはん、ここ最近この店でわるぅ噂をよう聞くんですわ。噂の詳細、もっと言った方がええやろか？」

「そ、そんな！　そのような噂、私はこれっぽっちも身に覚えがない！　ご、誤解、誤解でっせ！」

「誤解かどーかは、あたしが見て決める事や。もし、もしもやで？　世界商業連盟の末端も末端に、一応所属だけしとるサンゴはんが、ダマヤに不利益をもたらすような事をしてみぃ。こんな繁盛しとるダマヤの街の名に、泥を塗る事になる。それはダマヤの神様を信仰しとる商人の皆を、あたしを裏切る行為だってぇのは、もちろん理解しとるんやろなぁ？」

　今日一番のプレッシャー。アレゼルの見た目だけは美しいエルフの容姿から、大魔王に相応しい威圧感が放たれる。

「あ……あっ……」

　しかし、これはちょっとやり過ぎたかもしれない。サンゴはんが呼吸できないレベルで震えあがっている。もう一歩で口から泡が出てしまいそうだ。アレゼルさんや、頭に血を上らすどころか、一周回って気絶させちゃう寸前でっせ？

「アレゼル様、お戯れもほどほどにして頂ければ……サンゴ様には少々辛過ぎます」

俺が止めようか迷っていると、さっきの中年男が逸早く動いてアレゼルを制してみせた。その様はまるで、悪漢からか弱き少女を助け出す救世主のようだ。……実際にはエルフの少女に脅される、恰幅の良いおっさんを筋肉質な男が助け出すという、キャストの配役を間違えている光景で、ロマンもクソもありはしないのだが。

それで、こっからどうするんだ、アレゼル？　嫌がらせは十分にしたし、そろそろ威圧する頃合いだと思うぞ？　そんな風に思いながら、俺はこの男が出て来た事によるアレゼルの反応を待った。

「……そか！　確かに確かに、あたしとした事が大人気なかったかもなぁ。いやー、意地悪してすまんかったなぁ、サンゴはん！　同じ世界商業連盟に所属する者同士なのに、仲間を疑うなんて汚い真似してしもうたわ！　笑って許してぇな、あはははは！」

どうやらアレゼルも、俺と同じように考えていたらしい。纏っていた殺気や黒いものを消して、カラカラと気持ちの良い笑顔をサンゴはんに向けている。

「は、はは……そうでんな、本気でちびりかけたけど、はは……うん、平和が一番……」

「そうそう、ラブアンドピースが一番や！　ほな、ご一緒に――ラブアンドピース！」

「ら、らぶあんどぴーす、はは……」

あちらは何とか笑顔を作ろうとする努力は見られるが、心が全然笑っていない。

「サンゴはんの言う通り、今日は唐突に来てもうたからな～。また今度、改めてお邪魔させてもらう事にするわ」

「えっ、ま、またいらっしゃるので……!?」

「そりゃいらっしゃるやろ。サンゴはんの無実を証明する為にも、あたし自らの目で確かめなっ！　で、これなら安心やと思ったら、あたしらクワイテット商社が全面的にバックアップしたるで」

「そ、それは大変ありがたい話、ですなぁ」

　日を改めるという事で、サンゴはんは少し心に余裕を持ったんだろう。別日にアレゼルが来ると分かっているのなら、証拠を隠蔽するなりやましい行いを控えれば良いもんな。ただ、そんな温い処置をアレゼルが許す筈もない。

「そうそう、良からぬ輩がサンゴはんを襲撃でもしたら一大事や。それまであたしらクワイテットが、このカジノを外側から厳重に警戒したる。それなら、サンゴはんのプライベートも身も護れるっちゅう寸法や。何、不審人物不審物は真っ先に消したるから安心しぃ。そんな輩、自白するまで絶対に逃さへんから♪」

「……！　は、はは……それは、実に頼もしい、でんなぁ……」

　アレゼルの言葉を簡単に要約すれば、お前がどこに行こうと絶対に逃さないし、怪しい付き合いの奴らや証拠諸々、隠蔽できると思うな。関係者一族郎党全員ただでは済まさんぞ、である。かなりオブラートに包んで翻訳したな、俺。

「サンゴはんもサンゴはんで、己の身を護れるような奴らを雇った方がええで？　ほな、また」

カジノを訪れた際とは打って変わって、上機嫌で帰途につくアレゼル。サンゴはビクビクと怯えながら、遠くにいる彼女の後ろ姿が視界から消えるまで静かに見送っていた。

「い、行ったか？　本当に行ったんか？」

「ええ、嘘偽りなくこの場から去りました。もう彼女らの意識はこちらに向いていません」

眼帯男の言葉を受けて、サンゴは膝から崩れ落ちた。緊張の糸が切れてしまったのか、ぜぇぜぇと息が荒く、額からは滝のような汗が流れて止まらない。

そんな哀れな姿を晒す彼に視線を向けている眼帯の男は、サンゴとは真逆に恐ろしいほど冷静だった。あのアレゼルを前にしても動揺一つせず、最善の選択を尽くしていた。その事実がサンゴの清涼剤として働き、少しずつ、少しずつではあるが、悪魔の脅威を忘れさせてくれる。

「……で、どうなんや？　会長を目の前にしての、あんさんの所感は？」

「正真正銘の化け物です。最初こそはエルフの少女であるその姿を疑いもしましたが、そんな愚かな考えは一瞬で払拭されました。それは他の者達も同じ考えでしょう」

「わいが聞きたいのは、そんな事やないっ！　あんさんらが、あの化け物に勝てるのかって話や！　商人のわいなら分かる。あの女はわいを生かそうと考えていないし、散々弄んで殺す気なんや……！　証拠の一つでもバレてみぃ!?　一体どんな惨い真似をされる事か、分かったもんやないでぇ……ど、どうなんや、やっぱ無理なんか!?」

多少の余裕は出てきたのか、恐怖と安堵の狭間でサンゴが猛る。その天秤がどちらに傾くのかは、次の彼の言葉次第――と、いうところだろうか。

「注意すべきはアレゼルだけではありません。彼女が護衛と言っていた後ろの男女、あの2人もまた相当の力があると私は推測しています。アレゼルが本当に大八魔であるとすれば、我々は一度に3人もの大八魔と敵対する事になるでしょう」

「……は？　3人？　は？」

「これは我々としても非常に困難であり、できると安易に頷ける範疇ではありません」

「は、話が違うやないか!?　あんさん達は負け知らずなんやろ!?　それでも伝説の傭兵団かいなっ！　わいがどんだけの金を積んだと思ってんねん……！」

興奮したサンゴが、男の胸ぐらに摑みかかる。が、男は微動だにせず、その視線を意識したサンゴ自らが直後に手を離してしまう。

「結論を焦らないでください。私は何も、不可能だとは言っていない。あのままでは難しい、ただそう言っているのです」

「……？　と、いうと？」

「色々と準備が必要という事ですよ。金銭を惜しまず、徹底抗戦する必要があります」

「ほ、ほんまかいな!?　惜しまん！　わいが出せる金なら、いくらでも出すっ！」

「ですが、たとえアレゼルを倒せたとしても、貴方には色々と容疑が掛かる事になりますよ？　私達が締結している契約は、あくまでも邪魔者の排除のみ。社会的な信用までは保証できません」

「今更言う事かいなっ！　アレゼルさえいなくなれば、後は金の力で何とかなるのがこの街やで！　マネーイズパワー！　あの女の口癖やっ！」

残念な事に、アレゼルが言ってる様が容易に想像できた。

「その力を得る為に、このような状況を生み出してしまったのが貴方でしょうに……まあ、そこは私達がとやかく言う事ではありません。よろしい、準備を進めると致しましょう。我らジャピタの傭兵、頂いた金額の分だけ仕事は致します」

男はサンゴに一礼して、音もなく部屋から消えて行った。

◇　◇　◇

「ジャピタの傭兵？　何それ？」

帰り道、俺とアレゼルが例の男の正体について議論していると、その中の候補に挙がった一つの名称にネルが反応した。

「あー、ジバの大陸じゃそこまで知られていないか。どんな戦場からも必ず生き残って帰るっていう、その筋じゃ有名な傭兵団の事だ。ヴァカラの軍と戦って何人か生還した、なんて噂もある」

「でもヴァカラはんの軍は生かさず殺さずで、毎回適度に手加減しとるさかい。本気でやったら勝負にならんし、絶望しか残らないかんな。その噂が仮に本当だったとしても、あんま当てにはならんと思うで？」

「そうだとしても、大袈裟(おおげさ)に伝説とまで言われているんだ。戦場で有名なのは間違いないぞ。金さえ払えば汚い事だろうが何でもやる！って話もあるけどな」

大八魔を始めとした魔王の活動がそこそこに盛んな為、今では人間の国同士の戦争はそうそう起こらない。聞こえの良い言い方をすれば、必要悪って感じに収まっているのかな。だからこそ、傭兵なんて稼業は商売上がったりなところも出てきて、中には悪行に手を染めてしまう者達もいたりする。更に性質(たち)が悪いのが、戦争行為そのものを好んでいた奴らだ。こいつらに限っては人殺し自体が目的みたいなものだったから、都合の良い言い訳の立つ戦争がなくなれば、安易にそういった方へと道を踏み外してしまう。本当に厄介極まりない、はた迷惑な奴らだ。

「うわ～、最低やん。金の為なら何でもやるとかないわ～。普通に引くわ～」

「アレゼルよ、この鏡で自分の顔を映しながら、もう一度同じ台詞を言ってみぃ」

鞄から手鏡を取り出し、アレゼルの目の前に出してやる。

「うわ～、最低やん。金の為なら何でもやるとかないわ～。普通に引くわ～」

一字一句、その時の表情も微塵も違わず、アレゼルは余裕で言い切った。楽しんでいる節さえある。

「……お前さ、少しは心を痛めてくれよ」

「デリスこそ、乙女にそないな事をさせるもんやないで。心が荒んでいるから、こんな意地悪を思い付くんやで？　ほれ、あたしの美貌でも眺めて心を安らがせてみぃ。ほれほれ、今なら特別料金や」

金取るのかよ。クッ、さっきの交渉ん時の自分を完全に棚に上げてやがる……！

「分かった分かった。俺が悪かったよ。それにもう十分安らいだから、その手鏡を返せ」

「しゃーないなー。これからは綺麗なデリスとして、人の役に立つよう頑張りや」

「ちょっとアレゼル、人の旦那に何て事を言うのよ。綺麗なデリスだなんて、それはもうデリスじゃないわ」

「――！　確かにっ！」

「お前らさ、事前に打ち合わせでもしてんの？」

いつの時代も女2人が相手では、どんな男も口では勝てないもの。俺はそれ以上とやかく言うのを諦めた。

「ふーん。ま、期待はして良いって事かしらね？　良かったじゃない、アレゼル。どこの馬の骨とも知れない凡骨を相手するよりかは、大分希望を持って発散できるわよ」

「だとええな～。あ、そだ。ハルちゃん達に指導すんの、明日からでえの？」

「ああ、明日からで構わない。ちなみに、どこでやる気だ？」

「周りに迷惑は掛けられんからな～。頑丈で防音でその上広くて――候補はいくつか用意しとくさかい。明日の朝のお楽しみって事で！」

「何が楽しいのか分からないけど、そのまんまハル達には伝えておくよ」

「うしっ！　今後の予定も決まった事やし、いっちょ祝杯でも挙げに行きますか～！」

「は？　今から？」

現時刻、まだ昼前である。

「あら、今日はこれから仕事はないの？」

「チーム破天荒に所属するアレゼルちゃんは自由人なんや！　社会人のアレゼルちゃんとは別もんやで！　デリスぅ～、ネルぅ～。たっぷりと酒を飲みぃや～。今日は無礼講やで

〜」

「たっぷりとは強気じゃない。……あれ？　う〜ん、何か引っかかるような気が……」

「……あ」

今思い出した。俺が過ちを犯した諸悪の根源、こいつだ。

次に俺達が連れて行かれたのは、アレゼル行きつけの酒場だった。商売人の頂点に立ち、魔王の中の魔王でもあるアレゼルの行きつけとなれば、さぞ立派な高級店なんだろう。俺は密かにそんな期待を抱いていた訳だが、まあそんな期待にアレゼルが応えてくれる筈がなかった。

案内され行き着いたのは至って普通の、庶民派と称すべき屋台だったのだ。どことなく居酒屋っぽい雰囲気を醸し出しているその店は、こんな昼間っから飲んだくれている奴らが結構いた。さっきのカジノもそうだったけどさ、ちょっとこの街は飲兵衛が多過ぎではなかろうか？　まあまあまあ、まあまあまあと、ここまで来る間だけでも、酒の注ぎ合いを何度も見掛けている。

「デリスのその顔、言わんとしてる事は分かるでぇ〜。ダマヤは商人の街、つまりは接待の街でもあるんや。一見ただのアル中にも見えるけど、あれも実は仕事のうち！　私服なのはまあ、変装みたいなもんやね」

「仕事と趣味を混同しているようにも見えるけどな……」

「中にはそんなのもいるけど、まあ大体は真面目やで？」

「アレゼル、あそこ、道に人が倒れているわよ？」

「大体は！　真面目なんやで！」

酒はこの世界における娯楽の代名詞とも呼べる存在だ。飲めない奴も稀にいるが、成人すれば大体の人間は嗜むようになる。アレゼルが接待と説明するこの光景、俺としては酒を飲みたい輩の集まりにしか見えない。

仮にあの飲み会の水面下で大切な商売の交渉が進んでいるとすれば、商売人も大変なんだなぁと思う。場を盛り上げながらも酔い過ぎはNG、常に相手方の出方を窺わなければならず、下手な事は言えないと。接待とはなかなか高度な技術だ。うん、俺にはとてもできそうにない。やるならもっと直接的に弱味をゲフンゲフン！　おっと、悔しいからできるだけ綺麗なデリスを目指すんだったっけ。危ない危ない、素が出るところだった。

「おう、おっちゃん。景気ええか～？」

暖簾を潜り、アレゼルが店主らしきおっちゃんに声を掛ける。

「ぼちぼちでんな～。言うても昼やし！　お、嬢ちゃん今日は連れと一緒か。珍しいな

〜」

「うっさいなぁ。あたしだって1人飲み以外もするわ！」

「おお、こわ。ほれ、あっちの指定席空いとるで」

「おーきに〜」

アレゼルが1人飲みでよく座るらしい場所に通され、そのまま席につく俺達。俺は驚きのあまり、おっちゃんのスキンヘッドを凝視してしまった。少し、というかかなり驚いた。アレゼルと対等に会話してるよ、このおっちゃん。もしや名の知れた手練れ、或いはマジでアレゼルの正体を知らないとか？

「……ないとは思うけどさ、あの店主お前の事を知らないのか？」

「馬鹿やなあ、デリスは。本当に馬鹿やなあ」

2回も言ったなこの野郎。

「ここはそういうスタンスの店なんや。相手が誰だろうと対等に接するってな。あたしみたいに地位が付き纏うもんには、偉い助かる場所なんやで。立場とか全然気にする必要ないかんな」

「あら、それは良い店ね。凄く良い店だわ」

2回も言ったね我が妻よ。

「確かに誰とも分け隔てなく接してくれるってのは、それだけでありがたい事か。さっきのサンゴみたいな反応を飲みの席でされても、なぁ？」

「いや、あれはあれで気分ええもんやで？」

「お前、やっぱ性格歪んでんなぁ……」

と、俺が改めてアレゼルに呆れていると、店主のおっちゃんがまだ頼んでもいない酒を持って来た。

「待たせたな。ほな、駆け付け一杯！」

「ああ、どうも。……この酒は？」

「金酒マルダマヤっつってな、この街じゃ一杯目はこれって決まってんねん。飲めば金運上昇、健康も良くなり嫁はんにも恵まれるっちゅう、それはそれはありがたーいお酒やで」

「効力を盛るにしても、ちょっと盛り過ぎじゃない？」

「何ゆーてんねん。ネル、ある意味これのお蔭で、今のお前があるんやぞ」

「は？」

ネルは何の事なのか、全然理解していない様子だ。そうか、あの時の酒はこれだったのか。……気を付けて飲むとしよう。

「じゃ、まずは乾杯といこか！　パーティ再結成を祝って――かんぱーい！」

――カァーン。

アレゼルの音頭で始まった真昼間からの飲み会。パーティの再結成は兎も角として、こうやって3人で飲むのは久しぶりの事だ。となれば積もる話もある訳で、会話のネタに事欠くような事はなかった。

「嬢ちゃん、今日はいつにも増して楽しそうやな〜。そっらのあんちゃん、もしかして嬢ちゃんのこれか?」

注文した酒を運んで来た店主が、少しばかりお下劣な顔を晒しながらそんな質問をアレゼルにした。ご丁寧に小指まで立ててみせている。分け隔てなく接するにしても、本当に徹底していて感心。同時にネルがピクリと反応して俺動揺。アレゼルよりもそちらに視線がいってしまう。

「あはは、おっちゃん面白い冗談やね。どっちかってぇと、こっちやね」

そう言って、俺に中指を立ててみせるアレゼル。俺は親指を下に向けてみせてやりたい気分だ。

「ガハハ！　どっちにしたって仲は良さそうやな！　疑惑、深まる！」

「深入りはご法度やでー。ま、むかーし冒険者稼業しとった時の仲間ってところや。それに、こいつら新婚ほやほやの夫婦やで？　あたしが入る隙間はあらへんあらへん」

「まあ、その通りね！」

警戒態勢から唐突に機嫌の良くなるネル。腕を絡ませてくる辺り、それなりに酔っているらしい。

「おっと、お熱いこって。おっちゃんは退散するで～」

「一昨日来やがれ～。でも酒は再注文や！　はよ戻って来て～」

　何でもない会話も、アレゼルと店主にかかればちょっとしたコントである。この店にどんだけ入り浸っているんだ、この大魔王な社長は。

「今更だけどさ、昔お前が俺とネルにしこたま酒を飲ませたの、あれって確信犯だろ？」

「はて、何の話か分からんなぁ」

「嘘吐け、取った覚えのない宿まで用意しやがって」

「誰かなりの応援だったんやないの？　知らんけど」

　アレゼルは得意の話術で相手を煽て、酒を飲ませて酔わせるプロだ。恐らくは俺達を陥れたその経験を、商人としての接待にも活用しているんだろう。……今となっては礼の一つも言いたいものだが、アレゼルの目論見通りに進んでしまい、ちょっと悔しい気持ちもあるのが正直なところだ。

「何の話よ？」

「いやな、あたしの友人が性犯罪者にならんよう、年齢を見越して見越してタイミングを見計らって頑張ったって話や。これでも気ぃ遣っていたんやでぇ？　好意を理解してんのかよく分からん捻くれ者と、肝心なところは突貫しない初心娘。は～、今思い出しても大仕事やったわ～」

「は？　益々分からないんだけど、どういう事？」

「はい、ストップ。この話題はお終いだ。これ以上は危険過ぎる」

「あいあい。おっちゃん、おかわりまだか～？」

「？」

　ネルとてアレゼルの後押しがあった事を、今更知るのは本意じゃないだろう。それに酔いの勢いもあるし、ここで変に暴れられては手が付けられない。流石のアレゼルも、自分の本拠地を破壊されたくはないんだろう。冗談とマジの絶妙な境目のところで手を引いてくれた。

「あれ？　師匠達、こんなところで何を――あ、お酒飲んでる」

「もう、こんな昼間から……」

　偶然にも、通りを歩いていたハルら4人娘に発見される。悪いな千奈津神、今日は無礼講なんだ。だからそんな、やべぇ奴らに声を掛けてしまった……みたいな目をするな。

「おおー、ピッチピチの女の子やん！　こっちにおいでぇな～。可愛がってやるでぇゲへへ」

　これはそこらのおっさん客の台詞ではない。歴としたエルフであるアレゼルの台詞だ。

「お前ら、ここにいると酷い酔っ払いに絡まれるぞ。ほら、さっさと避難しろ」

「ああっ！　デリス、ここは綺麗なデリスになる場面やないでぇ！」

「黙れ腹黒エルフ。今日こそはお前に目にもの見せてやるよっ！」

「ちょっとー、私の相手もしなさいよー」

こうして何とかハルらを避難させ、俺達の酒盛りは続いた。

――修行56日目、終了。

桂城悠那（かつらぎ はるな）

16歳　女　人間

職業：魔法使いLV7（898/1200）

HP：5470/5470

MP：2320/2320（+500）

筋力：2414	知力：821
耐久：1552	器用：2011
敏捷：1678	幸運：951
魔力：1465（+300）	

スキルスロット

◇格闘術　LV100	◆魔力察知　LV100
└─格闘王　LV100	└─魔力網羅　LV29
└─格闘神　LV19	◇強　肩　LV100
◆闇魔法　LV100	└─超　肩　LV71
└─闇黒魔法　LV84	◆調　理　LV100
◆杖　術　LV100	└─超　理　LV67
└─杖　王　LV100	◇跳　躍　LV100
└─杖　神　LV10	└─空　蹴　LV50
◇快　眠　LV100	◆演　算　LV100
└─熟睡快眠　LV44	└─高速思考　LV19
◇回　避　LV100	◇装　甲　LV100
└─脱　兎　LV76	└─鉄　壁　LV10
◇投　擲　LV100	◇瞬発力　LV70
└─投　岩　LV100	◆魔力温存　LV48
└─投　星　LV12	

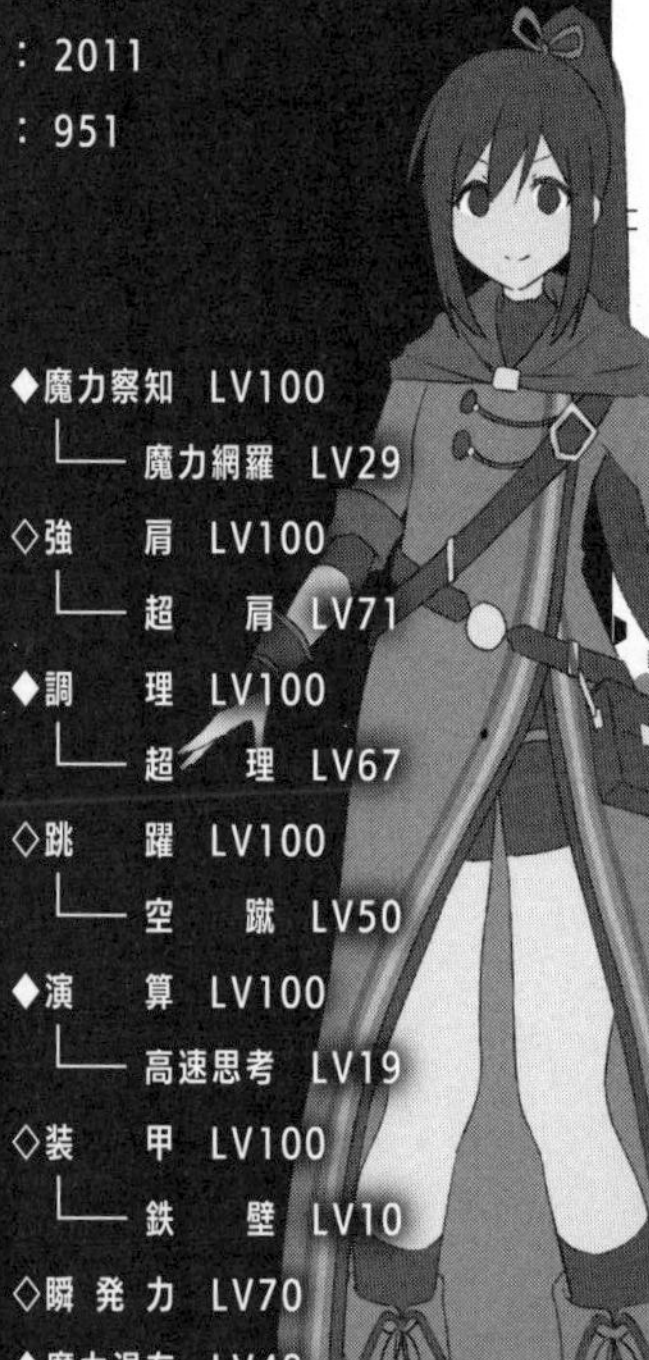

鹿砦千奈津

(ろくさい ちなつ)

16歳 女 人間

職業：僧侶LV7 (932/1200)

ＨＰ：1590/1590

ＭＰ：1950/1950

筋力：1304

耐久：802

敏捷：1832

魔力：1626 (+300)

知力：2554 (+300)

器用：450

幸運：1760

スキルスロット

◆光魔法 LV100
└── 光輝魔法 LV100
　　└── 神聖魔法 LV20

◆演算 LV100
└── 高速思考 LV100
　　└── 並列思考 LV39

◇回避 LV100
└── 脱兎 LV100
　　└── 韋駄天 LV1

◇危険察知 LV100
└── 危険網羅 LV100
　　└── 危険全知 LV38

◇剣術 LV100
└── 剣王 LV100
　　└── 剣神 LV3

◆鼓舞 LV100
└── 御旗 LV81

◆加護 LV100
└── 守護 LV79

◆背水 LV100
└── 境地 LV13

ゼータ・ミリアド

18歳　女　人間

職業：剣士LV7（931/1200）

ＨＰ：7890/7890

ＭＰ：1045/1045

筋力：1241（+400）	知力：649
耐久：1591	器用：1113
敏捷：929（+200）	幸運：1803
魔力：417	

スキルスロット

◆剣　術　LV100
└── 剣　王　LV100
　　└── 剣　神　LV30

◇寒冷耐性　LV100
└── 寒冷無効　LV100
　　└── 寒冷適正　LV18

◇大　食　LV100
└── 超　食　LV53

◆心　眼　LV100
└── 超心眼　LV100
　　└── 神　眼　LV9

◆危険察知　LV100
└── 危険網羅　LV100
　　└── 危険全知　LV2

◇雷魔法　LV100
└── 紫電魔法　LV54

◆整　備　LV100
└── 改　良　LV60

◆装　甲　LV100
└── 鉄　壁　LV30

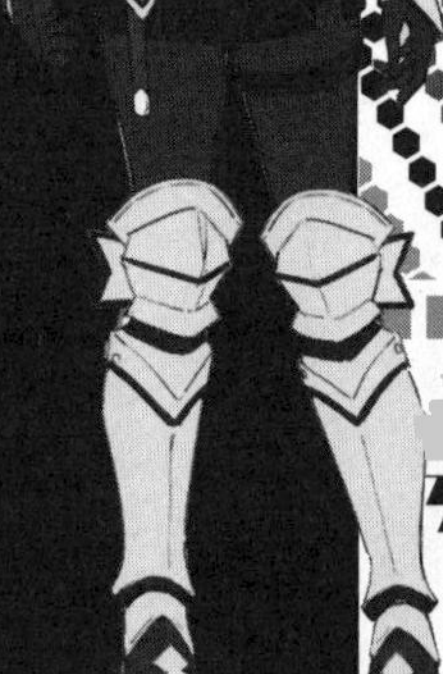

ゼクス・イド

製造年月日の表示はありません！　性別もありませんが、
基本的には男性を模したボディが多いですな！
幸福であれば種族など些細な事でしょう！

職業：大八魔第五席の任を賜っております！

ＨＰ：フゥーハッハッハッハ！　なるほど、某(それがし)のボディについて知りたいと!?　それは良い心掛けです！　どのような種族、出自、能力を持っていようと、機械になってしまえば皆平等の力を手に入れる事ができますからな！　しかし、どのボディについて説明しましょうか。む、某のこのボディですかな？　流石はお目が高い！　この人型ボディは大八魔の会合の際にも使用する、某自慢の機体となっているのです！　他の機体と比べサイズこそ小さいですが、出力は一定レベルをクリアしており、搭載されている武装も実に様々で――ああ、お待ちくだされ！　まだ説明は終わっておりませんぞ！　序盤も序盤ですぞー！

スキルスロット

フゥハハ！　ボディの説明を飛ばして機密を教える筈がないしょう！　機械の秘密だけに……なんて！　この通り、高いレベルでジョークを言う事も可能なのです！　さあ、貴方も是非幸福な機械化を！

あとがき

『黒鉄の魔法使い7　黒紅の宴』をご購入くださり、誠にありがとうございます。コミカライズ版のリリィがツボな迷井豆腐です。WEB小説版から引き続き本書を手にとって頂いた読者の皆様は、いつもご購読ありがとうございます。

7巻にして遂にデリスとネルが結婚し、漸く落ち着いた生活を送るように――なる訳がなく、より死ぬ気で日々を過ごす事に。今後は大八魔も次々と参戦し、より白熱した鍛錬日和になりそうです。まあ、それも一つの幸せの形という事で。取り敢えず、弟子は日々を堪能しているでしょう。

とまあ、本編の内容はさて置き、最近になって担当さんが猫を飼ったんですよ。ええ、あの猫です。にゃんこです。これは犬派の私に対する宣戦布告なのでしょうか？　毎日のように可愛い猫の写真をアップしている暴挙です。度重なる可愛い攻撃がボディブローの如く効き、そろそろ犬派から猫派に鞍替えしてしまいそうな勢いです。何てこった。しかし、私もただ受け身になっている訳ではありません。この行いに徹底抗戦する為、私は日頃からあるゲームを続けているんです。そう、某ウマのゲームをね。豆腐は第三の派閥、ウマ派に鞍替えしました。目指せ、有馬記念。

最後に、本書『黒鉄の魔法使い』を製作するにあたって、最高のウェディングドレス姿を仕上げてくださったイラストレーターのにゅむ様、そして校正者様、忘れてはならない読者の皆様に感謝の意を申し上げます。

それでは、次巻でもお会いできることを祈りつつ、引き続き『黒鉄の魔法使い』をよろしくお願い致します。

迷井豆腐

作品のご感想、
ファンレターをお待ちしています

あて先

〒141-0031
東京都品川区西五反田 7-9-5 SGテラス 5階
オーバーラップ文庫編集部
「迷井豆腐」先生係／「にゅむ」先生係

黒鉄の魔法使い 7
黒紅の宴

発　　行　2021年5月25日　初版第一刷発行

著　　者　迷井豆腐
発 行 者　永田勝治
発 行 所　株式会社オーバーラップ
〒141-0031　東京都品川区西五反田 7-9-5
校正・DTP　株式会社鷗来堂
印刷・製本　大日本印刷株式会社

Printed in Japan　ISBN 978-4-86554-907-2 C0193

オーバーラップ文庫
ハズレ枠の
【状態異常スキル】で
最強になった俺がすべてを蹂躙
するまで